KB059090

성추행당할 뻔한
S급 미소녀를 구해주고 보니
옆자리
소꿉친구였다 7

켄노지
Illustration 플라이

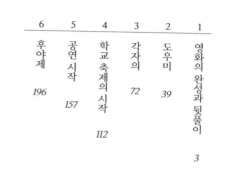

이름 : 시노하라 미나미

나이 : 16세
학년 : 고등학교 2학년
키 : 167cm

중학교 3학년 때 사흘 동안 료와 사귀
었던 전 동급생.

이름 : 타카모리 마나

나이 : 15세
학년 : 중학교 3학년
키 : 165cm

타카모리 가문의 집안일 전반을 맡고
있으며 갸루처럼 보이지만 오빠를 잘
챙겨주는 여동생.

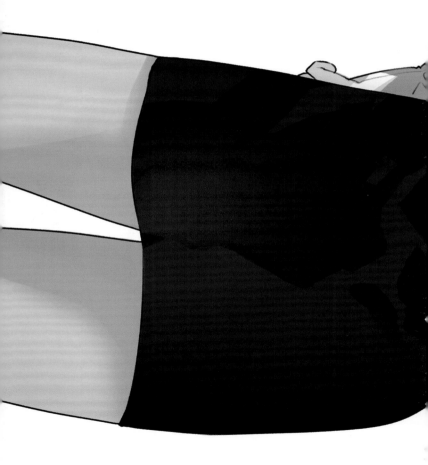

"전에 저 롤러코스터를
마나 무서웠던지———."

"히이나, 무슨 짓을
저지른 거야?"

이름 : **토리고에 시즈카**

나이 : 17세

학년 : **고등학교 2학년**

키 : 150cm

히나와는 친한 친구, 료와는 점심시간
에만 친구인 것 같은 동급생.

이름 : **히메지마 아이**

나이 : 16세

학년 : **고등학교 2학년**

키 : 155cm

히나, 료와 소꿉친구인 전학생.

"아~, 아~, 아~, 아아아아아?!
구, 굳이 말할 필요 없어!"

"히나는 예
탔을 때 얼

이름 : **후시미 히나**

나이 : 17세
학년 : 고등학교 2학년
키 : 160cm

료의 소꿉친구이자 학교에서 모두가
인정하는 S급 미소녀.

이름 : **타카모리 료**

나이 : 17세
학년 : 고등학교 2학년
키 : 175cm

분위기를 잘 파악하지 못하는 자칭 수수한
캐릭터인 남자 고등학생.

성추행당할 뻔한
S급 미소녀를 구해주고 보니
옆자리 소꿉친구였다 7

켄노지

커버 · 삽화 · 본문 일러스트 **플라이**

① 영화의 완성과 뒤풀이

체육 대회가 끝나자 규모가 큰 이벤트는 학교 축제만 남았다.

학교 전체가 학교 축제 준비에 들어간 와중에, 우리 반은 준비를 대부분 마친 상태였다.

다른 반에서 유령의 집이나 컨셉 카페 같은 걸 한다는 이야기가 들릴 때쯤, 우리 반 모두가 제작에 참가한 독립 영화가 드디어 완성된 것이다.

그리고 그 첫 시사회가 반에서 진행되려 하고 있었다.

"드, 드디어 하는구나⋯⋯."

옆자리에 있던 후시미가 침을 꿀꺽 삼켰다.

내 소꿉친구인 후시미는 이 영화의 주연이자 학교 축제 때 우리 반에서 독립 영화를 찍자고 기획한 장본인이기도 하다.

커튼을 치자 교실 안이 어두워졌다.

단정한 그녀의 얼굴은 지금 긴장 때문인지 찡그린 표정이었다. 주연이자 기획자. 모두의 반응이 안 좋으면 아마 책임을 느껴버릴 것이다.

"분명 재미있겠지."

"모르겠네⋯⋯."

솔직히 나도 자신은 없다.

예전에 후시미를 주연으로 찍은 내 독립 영화는 후시미 파워 덕분인지 특별상을 받았지만, 이것도 성공할 거라는 자신감은 없다.

"이럴 때는 괜찮을 거라고 말해야지."

찰싹찰싹, 후시미가 나를 때리며 따졌다.

"어쩔 수 없잖아. 나는 내가 할 수 있는 걸 했지만, 다른 사람들이 그걸 보고 재미있어할지는 별개니까."

"그렇긴 한데~."

후시미는 불만스러워하며 내 교복 팔 부분을 잡은 채 놓지 않았다.

왠지 엄청나게 불안해하는 것 같았다.

"괜찮지 않나요? 학교 축제 때 고등학생이 찍은 독립 영화잖아요. 재미없는 게 당연하죠."

반대쪽 옆자리에 있던 히메지가 슬쩍 말했다.

히메지, 히메지마 아이. 내 또 다른 소꿉친구이고, 원래는 마이너 아이돌이었지만 지금은 아이돌 활동을 그만두고 뮤지컬 무대에 도전하고 있다. 내가 아르바이트를 하고 있는 연예 사무소에 소속된 탤런트이기도 하다.

후시미와는 타입이 다른 미소녀고, 경력으로 인한 자신감이 지나치다는 것이 옥의 티다.

"다들 그렇게까지 크게 기대하진 않을 거예요."

"너, 진짜."

"아이⋯⋯, 친구 없지?"

후시미가 곧바로 눈을 흘기며 다그쳤다.

"네? 있는데요?"

히메지는 되려 성을 내듯이 후시미를 물고 늘어졌다.

히메지, 방금은 네가 잘못한 거야.

"저는 기준이 그렇게까지 높지 않을 거라는 말을 하고 싶었던 거예요. 뭐, 제가 출연하니까 재미가 없진 않겠지만요."

"자신감이 흉악하네……."

"나도 10퍼센트만 나눠줬으면 좋겠네."

담임 선생님인 와카가 프로젝터를 준비하고 있다. 데이터는 이미 넘겼으니 노트북으로 그걸 재생하기만 하면 된다.

교실 안은 아직 웅성거리고 있다.

다들 자기가 어떤 장면에 출연했는지 기억하고 있는 모양인지, 촬영했을 때 있었던 일이나 영화 안에서 어떤 배경으로 출연했는지 농담 삼아 말하고 있다.

후시미가 처음에 제안했던 것처럼 모두가 한 번은 역할을 맡아 출연했다.

안절부절못하는 건 나나 후시미뿐만이 아닌 것 같다.

토리고에는 어떨까.

뒤쪽 자리를 슬쩍 돌아보니 사령관 포즈를 취한 채 굳은 표정을 짓고 있었다. 그 포즈와 약간 다른 건 깍지를 낀 손을 기도하는 듯이 꽉 맞잡고 있다는 것이다.

토리고에도 긴장이 되는 모양이다.

토리고에는 이번 독립 영화의 각본 담당이고, 대사의 내용과 이야기의 흐름 같은 구성도 생각해 주었다. 원래는 나와 자주 이야기하지도 않던 점심 시간만의 친구였다. 마음 편히 대할 수 있는 몇 안 되는 반 친구들 중 한 명이다. 후시미와는 친한 친구라고 할 수 있을 정도로 사이가 좋다.

와카가 프로젝터에 뜬 컴퓨터 바탕화면에서 폴더를 선택하고 클릭해 나갔다.

"타카모리, 이 파일 맞아?"

"네. 그거예요."

"좋았어~, 그럼 재생한다."

그렇게 선언하자 웅성대던 교실이 조용해지며 마우스를 딸깍딸깍 클릭하는 소리가 매우 크게 들렸다.

내가 몇 번이나 반복해서 보았던 서두 부분이 흘러나왔다.

주인공인 후시미와 작품에는 등장하지 않는 주인공이 좋아하는 남자애와의 관계. 그리고 라이벌이기도 한 히메지의 등장.

……여러 번 봐서 익숙해지긴 했지만, 후반의 히메지와 초반의 히메지는 연기의 수준이 전혀 다르다.

처음 대사를 할 때는 거의 국어책을 읽는 것 같았다가, 여름방학 동안에 뮤지컬 오디션이 있었기에 연기에 대해 여러모로 공부하거나 익숙해진 덕에 이제야 그럭저럭 괜찮은 수준이 되었다.

그래서 초반과 막바지를 비교하면 히메지는 전혀 다른 사람처럼 연기가 다르다.

"~~~윽."

히메지가 얼굴을 새빨갛게 물들이고 있다. 부끄러울 만도 하겠지. 지금 히메지가 얼마나 잘하게 되었는지는 모르겠지만, 처음에는 정말 심했으니까.

"아이, 신경 쓰지 마."

"놀리지 말라고."

곧바로 후시미가 놀리자 내가 나무랐다.

후시미가 기쁜 듯이 싱글거리고 있었다. 후시미는 히메지에게 정말 사정없이 대한다니까. 히메지도 마찬가지지만.

배경이라느니 딱 한 마디 대사가 있다느니 하며 반 친구들이 쿡쿡 웃는 장면도 몇 군데 있었다.

그런 걸 제외하면 모두가 생각했던 것 이상으로 진지하게 봐주고 있었다.

30분 정도 만에 상영이 끝나자 와카가 박수를 쳤다. 그것을 계기로 반 전체에 박수 소리가 울렸다.

"자. 이제 다 봤는데, 어땠어?"

와카가 앞으로 나와서 프로젝터를 정리하며 반 친구들에게 물었다.

나, 후시미, 히메지는 긴장했다.

"재미있지 않나?"

누가 그렇게 말하자 저마다 감상이 나왔다.

"응, 생각보다 잘 만들었는데."

"짧아서 보기 편하더라."

"히나, 연기 잘하네!"

옆을 힐끔 보니 후시미가 훈훈한 표정을 짓고 있었다.

반대로 히메지는 자기 이름이 전혀 언급되지 않자 불만이라는 듯이 눈살을 찌푸리고 있었다.

그 밖에도 몇 명이 감상을 말했는데, 대부분 호평이었다.

"선생님은 어떠셨나요?"

감상을 다 들은 내가 와카에게 물어보았다.

"모두가 자주적으로 협력해서 반이 한데 뭉친 느낌이라 조금 감동했어."

담임 선생님의 시점으로 보는 감상이었다. 내가 물어본 건 그런 게 아닌데 말이지. 뭐, 상관없으려나.

남은 시간으로 당일 일정을 짜거나 어떻게 영화관처럼 만들지 이야기를 나누다가 방과 후를 맞이했다.

"타카양, 타카양, 진짜로 엄청 괜찮더라."

이 반에서 유일한 남자인 친구라고 할 수 있는 데구치가 집에 갈 준비를 하고는 내 자리로 와서 말했다.

"고마워. 다들 생각보다 좋은 반응이라 안심되네."

"다들 대본을 알고 있으니까 어느 정도 상상은 했겠지만, 그럴 듯한 느낌이 되니까 조금 감동했어."

"대놓고 칭찬하니 뭐라 대답해야 할지 곤란한데."

"상을 받으신 감독님은 역시 다르시군요."

응~? 하며 데구치가 놀리듯 어깨를 찔러댔다.

"내 자리 주위도 그런 느낌이었어."

토리고에도 이야기에 끼어들었다.

"자기가 나온다, 자기가 준비한 게 있다, 그런 거 덕에 우리 영화라는 심정이 드는 것 같아."

객관적으로 보긴 쉽지 않겠네.

참고로 처음 보여준 사람은 여동생인 마나였다.

"마나는 '청춘 연애물이라는 느낌이야. 그런데 왠지 평범한 느낌하고는 조금 다르네?'라고 했어. 아마 토리고에의 개성이라고 해야 하나 기질 같은 게 잘 먹힌 거 아닐까?"

"글쎄."

눈을 피하며 그렇게 말한 토리고에는 왠지 쑥스러워하는 것 같았다. 내가 주도한 독립 영화는 내가 하고 싶은 걸 주로 했지만, 학교 축제용 영화는 주로 토리고에가 생각한 내용이다. 마나는 그런 부분의 차이를 느낀 것 같았다.

"다들 기뻐하는 것 같아서 다행이야. 나, 영화를 기획하길 잘한 것 같아."

칭찬만 받은 후시미는 만족하는 것 같았지만, 히메지는 여전히 납득이 안 되는 듯했다.

"료, 저, 귀엽죠……?"

"갑자기 무슨 소리야."

"그런 감상이 한 마디도 들리지 않는 이유가 대체 뭘까요?"

"나한테 물어보지 마."

"감독이라면 주연과 조연을 모두 살려내는 게 당연하다고 보는데요."

"다들 외모보다는 딱딱하게 읽은 대사가 신경 쓰인 거겠지. 히메지는 성격 때문에 그런 걸 놀리기 힘들다고 해야 하나."

내가 핵심을 찌르자 히메지가 괴로운 듯한 표정을 지었다.

"윽……, 지금은 그렇지 않은데요."

"지금은 말이지. 하지만 처음에는 그런 느낌이었어."

"다시 찍고 싶은데요."

"이제 안 돼."

"히메지는 확실히 귀여워."

"시즈카 양……!"

토리고에가 나서자 히메지가 구세주를 본 것 같은 눈빛을 보냈다.

"자신만만하고 뭘 해도 완벽할 것 같은데 연기를 못한다니, 허당 같은 느낌이라 정말 귀여워."

"그런 건 바란 적 없어요! 누가 허당인데요. 그리고, 지금은 이제 잘한다고요."

토리고에가 기어코 히메지에게까지 독설을 하게 되었다.

……왠지 사이좋게 지내게 된 것 같네, 이 두 사람.

"영화 완성 뒤풀이를 하자고."

데구치가 제안하자 우리는 모두 찬성했다.

곧바로 데구치가 영화 관련 단체 채팅방에 그 이야기를 하자 일제히 여러 사람이 반응을 보였다.

좀좀 흘러가는 채팅방의 이야기를 바라보았다. 뒤풀이 계획이 몇 가지 나왔고, 최종적으로는 주말에 노래방에 가게 되었다.

"아이도 갈 수 있을 것 같아?"

"네. 그날은 일정이 없어서 괜찮아요."

"다행이네. 모두가 갈 수 있다면 좋았을 텐데."

클럽활동, 아르바이트 때문에 늦거나 중간에 돌아가는 멤버도 있긴 하지만, 절반 정도가 참가하게 되었다.

"노래방⋯⋯."

토리고에가 허무한 표정을 짓고 있다.

"이해해. 나도 좀⋯⋯."

토리고에가 감정이 전혀 없는 유리구슬 같은 눈으로 이쪽을 바라보았기에 작은 목소리로 맞장구를 쳤다.

하지만 많이 모이기에는 노래방이 가장 적당할 것이다. 패밀리 레스토랑 같은 곳에서 모이면 시끄러워서 다른 사람들에게 폐를 끼치게 될 테고.

"노래를 꼭 해야만 하는 거야?"

"토리고에 씨는 잘 못하더라도 열심히 부르기만 해도 돼."

불안해하는 토리고에를 보고 데구치가 힘주어 말했다.

뭐, 무슨 말인지는 이해가 된다. 왠지 토리고에는 잘 부르지 못하더라도 평가가 떨어지진 않을 거라 해야 하나.

"나도 꼭 불러야 해?"

"타카양은 반드시 불러야지."

"어째서."

"감독님이니까. 타카양이 노래를 부르면 분위기가 살아날 거야, 아마도."

"그럴 리가 있나."

예전에 후시미, 그리고 다른 몇 명과 함께 노래방에 갔었던 게 생각난다. 노래를 잘못 골라서 누군가가 몰래 비웃진 않을까.

"료가 말은 이렇게 하지만, 나름대로 잘 불러요."

히메지가 그렇게 말했다.

"응. 료 군은 부끄러워할 뿐이야."

이어서 후시미가 설명해 주었다.

히메지와 노래방에 한 번 갔었을 때, 나름대로 괜찮은 평가를 받았다는 게 생각났다.

"두 미소녀가 보증해준다면 괜찮겠지. 정 싫으면……, 나랑 같이 부를까?"

연기 톤으로 말한 데구치가 엄지손가락으로 자신을 가리켰다. 농담이라는 건 바로 알 수 있었다.

"기분 나쁘다고. 그게 더 싫어."

나도 웃으며 곧바로 거절했다.

"……."

토리고에가 뜨거운 눈빛으로 나와 데구치를 번갈아 가며 보고 있었다.

"토리고에 양? 이상한 상상 하시는 거 아닌가요?"

"어? 안 하는데에?"

거짓말하고 있네.

"남자애들끼리 사이좋게 지내면, 뭐라고 해야 하나, 그게, 응?"

알겠지? 라는 식으로 물어보지 말라고. 나는 BL 취향이 아니라 모른단 말이야.

"있지, 있지, 아이, 승부하자."

"노래로? 저하고요? 웃기지도 않네요!"

히메지가 그렇게 말하며 뽐내듯 가슴을 폈다.

"좋아요. 우물 안의 개구리와 넓은 바다의 범고래가 어떻게 다른지 보여드리죠."

후시미는 그냥 장난으로 말한 것 같은데, 히메지는 라이벌 의식을 불태우며 완벽하게 실력을 겨룰 생각이다.

이 두 사람은 이렇게 앞으로도 영원히 부딪히겠지.

뒤풀이 이야기가 정리되자 우리는 집에 가기로 했다.

"히이나. 나, 도서위원 당번이라."

"그래? 그럼 말동무라도 해줄까?"

"응. 고마워."

토리고에는 예전에 당번이 한가하다고 말했었다.

그리고 한가하니까 독서가 잘 되어서 좋다고도 했었지.

말동무를 반기는 걸 보면 아마 지금은 푹 빠진 소설이 없는 모양이다. 중간까지 복도를 같이 걸어간 다음, 도서실 쪽으로 이어지는 갈림길에서 나와 히메지는 후시미, 토리고에와 헤어졌다.

"같이 집에 가 드리죠."

"그건 내가 할 말이야. 아니, 어차피 근처니까 같이 가잖아."

히메지가 으스대는 듯한 미소를 지었다.

"료 주제에 건방지네요."

"히메지는 말만 좀 그렇게 하지 않으면 좀 더 인기가 생길 것 같은데."

토리고에 말대로 중대한 단점을 떠안고 있는 미소녀. 그게 히메지다.

그녀답다고도 할 수 있다. 그게 매력이라는 것도 이해가 안 되는 건 아니다.

"그게 무슨 소리죠?"

"아무것도 아니야."

신발장에서 꺼낸 운동화를 신고 히메지를 기다렸다. 로퍼를 신으려던 히메지가 비틀거렸기에 팔을 잡고 살짝 받쳐주었다.

"……윽, 뭐죠?"

나를 올려다보며 볼을 붉히는 히메지.

눈이 똑바로 마주쳐서 저번에 당했던 키스가 떠올라 버렸다.

뒤쪽에서 학생들이 이야기를 나누는 소리가 들렸기에 정신이 번쩍 들어서 히메지를 놓았다.

"아무것도 아니야."

나는 가까운 역으로 가던 도중에 갑자기 떠올랐다.

"히메지는 후시미네 어머니가 여배우였다는 거 알고 있었어?"

"아, 아시하라 씨였나요? 예전부터 알고 있었어요. 하지만 어렸으니까 '히나네 어머니는 TV에 나오는 대단한 사람' 정도로만 생각했죠."

히메지도 예전부터 알고는 있었던 모양이다.

"갑자기 왜 그러시죠?"

"최근에 그 사실을 알게 되었거든. 대단하다 싶어서."

"뭔가 기억나는 거 있나요? 아시하라 씨……, 히나네 어머니에 대해서요."

기억나는 거?

…………?

떠올려 보았는데, 후시미네 어머니는 곧바로 생각나지 않았다.

"우리 어머니 말로는 나도 만난 적이 있는 것 같은데, 기억이 전혀 나질 않는단 말이지."

"그런가요."

"그래도 무서운 사람이라는 이미지는 있어. 나한테 엄하게 말한 건지, 후시미에게 그렇게 말한 건지는 잘 모르겠지만."

"무서운 사람, 이라고요."

히메지는 마치 탐정처럼 뭔가 확인하는 듯이 고개를 끄덕였다.

"연예인들 중에는 사실 성격이 안 좋다는 이야기가 나오는 사람도 있곤 하잖아?"

"네. 짐작되는 사람이 있네요, 잔뜩."

"혹시나 후시미네 어머니도 그런 사람이었나 싶어서."

"글쎄요. 저는 딱히 말할 만한 인상이 없어서요."

그런 이야기를 하던 와중에 역에 도착한 우리는 집으로 돌아갔다.

주말, 토요일.

우리는 영화 완성 뒤풀이를 하기 위해 노래방에 와 있었다.

후시미와 히메지, 토리고에, 그리고 마나도 따라왔다. 그 밖에는 데구치와 반의 중심적인 남녀가 열 명 정도. 여기서 멤버가 늘어나기도 하고 줄어들기도 할 것이다.

"뒤풀이라니, 진짜로 어른 같네."

초대했을 때부터 신이 나 있던 마나가 그렇게 말했다.

"규모가 큰 일을 하나 마쳤을 때는 이런 모임을 가지는 게 일반적이니까요."

"호오~."

히메지가 의기양양하게 말하자 마나가 감탄하는 듯한 목소리를 냈다.

"노래방은 오랜만이지, 료 군."

"어? 나는 그 이후로 한 번 왔는데."

"그래? 누구하고?"

히메지하고. 그런데 저번에 후시미하고 같이 가기로 약속했던 상황이라 그 전에 히메지와 먼저 갔다고 하면 약속을 어긴 것 같아서 조금 껄끄럽다.

"예전에 저하고 갔었어요."

히메지가 듣고 있었는지 곧바로 대답했다.

"호오……, 그랬구나."

후시미가 생기가 사라진 듯한 눈빛으로 나를 보았다.

"그래, 응……, 뭐, 그렇지."

부정할 수도 없고, 왠지 껄끄럽다. 나쁜 짓은 하지도 않았는데. 아, 그랬지.

"아니, 그때는 우연히 비를 피하려다가 들어온 곳이 노래방이었을 뿐이야."

나는 감정을 잃은 후시미에게 급하게 설명했다.

"히메지가 번개를 무서워하니까, 방음 설비가 되어 있고 비도 피할 수 있으니 일석이조라고 해서."

"밀실에서 달라붙었구나?"

"왜 그렇게 되는데."

"료에게는 제 모든 것을 보여줬어요."

"그런 식으로 말하지 마. 네 노래를 불러줬을 뿐이잖아. 춤까지 곁들여서."

혐오감을 드러내며 눈을 흘기는 후시미.

"망측해……."

"뭐가."

나만 공격당하는 상황이었기에 조용히 있던 토리고에게 화제를 돌렸다.

"토리고에는 노래방에 좀 가는 편이야?"

"나는 간다 해도 혼자 가지. 이렇게 많은 사람들하고 온 건 처음이야."

"나도 여럿이서 온 건 오랜만이야~. 시즈, 같이 부를래?"

"마나마나랑 같이 부른다면 괜찮아."

"이예이~."

남매인데 왜 이렇게 다를까. 그런 생각이 들 정도로 마나는 밝은 모습이었다.

"접수 끝냈으니까 가자고, 얘들아~."

점원분을 따라가던 데구치가 로비에 모여 있던 우리에게 말했다.

계단을 올라가서 안내받은 방은 스무 명 정도가 들어갈 수 있을 정도로 큰 방이었다.

내가 알고 있던 노래방보다 화면도 컸고, 앞쪽에는 무대 같은 것도 있었다.

제일 먼저 마라카스를 발견한 토리고에가 사락사락 흔들었다.

"여러 명이 올 때는 마라카스 담당자가 있겠지……?"

내 시선을 눈치챈 토리고에가 물었다.

"나도 잘 모르긴 한데, 아마 없지 않을까."

"그렇구나."

내가 기억하는 한, 흔드는 사람을 본 적이 없다. 아니, 사람마다 다른가?

혼자서 간다던 토리고에는 평소와 달라서 어떻게 해야 할지 잘 모르는 모양이었다.

각자 마음에 드는 곳에 앉자 곧바로 노래가 시작됐다.

모두가 알고 있을 만큼 유명한 팝송을 여자애 두 명이 부르자 옆에 앉아있던 토리고에가 박자에 맞춰 마라카스를 흔들었다.

"뒤풀이라는 게 이런 느낌이야?"

내가 조용히 중얼거리자 옆에 있던 히메지가 대답했다.

"제가 아는 건 파티라는 느낌이죠."

"업계 사람 행세하지 말라고."

이야기를 나누는 소리가 노랫소리 사이에 들렸는지, 토리고에도 이야기에 끼어들었다.

"애초에 학교 축제에 적극적으로 참가한 적이 없어서 뒤풀이 같은 이야기가 나와도 참가한 적이 없었거든."

나도 마찬가지다.

"시즈카 양은 따분한 학생 생활을 하고 계시네요."

"아, 그런 말 하지 마. 사실이니까."

히메지도 왠지 토리고에를 어려워하지 않게 된 것 같다. 사이가 좋아진 건가.

"아이, 승부야."

마이크를 잡은 후시미가 다시 선전포고를 했다.

히메지도 어이가 없다는 듯이 마이크를 잡고는 대답했다.

"좋아요. 뭐, 승부가 될 것 같진 않지만요."

아이돌 출신 전학생과 학교의 현재 아이돌 같은 존재인 후시미가 불꽃을 튀기며 맞붙으려 하자 분위기가 달아오를 수밖에 없었다.

삑, 삑, 후시미가 자기 차례가 되자 채점 모드로 전환했다. 예전에 한 번 불렀던 노래다.

"나는 뭘 부르지~? 오빠야, 뭘 불러줬으면 좋겠어?"

"좋아하는 거 불러."

"'석별의 정'을 부를까."

"음악 시간도 아니고……. 다들 깜짝 놀랄 텐데."

"그럼 '마왕'은?"

"아버지, 아버지, 하려고? 노래방에서 무슨 가곡이야."

음~, 하고 끙끙대며 단말기를 조작하고 있는 마나.

히메지의 안색을 살펴보니 표정이 굳어 있었다.

"……저도 제대로 해야만 할 것 같네요."

후시미가 잘 부른다는 건 나도 알고 있었지만, 프로인 히메지가 그렇게 생각할 정도로 잘하는 모양이다.

옆옆자리에 있던 토리고에가 메시지를 보냈다.

『히이나, 잘 부르네.』

토리고에는 몰랐구나.

『나도 얼마 전에 알았어.』

『어떻게 하지? 무슨 노래를 부를까.』

『노래 부르라고 재촉할 때까지 기다린다에 한 표.』

『천재네.』

그렇게 메시지를 주고받다 보니 마나가 나를 슬쩍 찔렀다.

"오빠야, 왜 폰 만지작거리고 있어?"

"아니, 잠깐."

"매너 위반이야. 히이나를 보라고. 오빠야가 안 들으니까 허무한 표정을 짓고 있잖아."

그럴 리가……. 그렇게 생각하며 앞에서 노래를 부르고 있던 후시미를 보니 마나가 말한 대로 무표정한 상태였다. 가만히 나를 보고 있다.

좀 전까지는 즐거워 보였는데. 곧바로 휴대폰을 집어넣고는 곧바로 마나가 내민 마라카스를 사락사락 흔들었다.

시들었던 꽃이 서서히 생기를 되찾듯 표정이 밝아졌다.

알아보기 쉬운 녀석. 마라카스가 이런 도구였구나.

노래를 마치자 실내에 박수 소리가 울렸다.

"히나, 노래 잘하네." "너무 귀엽잖아, 후시미 양." "후시미 양, 진짜로 뭐든 잘한다."

Illustrations copyright © Fly

칭찬하는 목소리가 잔뜩 들리자 후시미가 에헤헤, 부끄러워 했다.

채점은 95점, 꽤 높은 점수가 나왔다.

"아~, 미리 말하는 걸 깜빡했는데, 사람이 많이 올지도 몰라서 옆에 방을 하나 더 빌렸으니까 조용히 노래하고 싶은 사람은 그쪽으로 가도 돼."

데구치가 그렇게 말했다.

"저 아마추어 개구리에게 진짜 실력을 보여줄 때가 온 것 같네 요……!"

히메지가 당당한 모습으로 마이크를 잡고는 무대 쪽으로 갔다.

"아, 이봐, 히메지━━."

말리려 했지만, 이미 늦었다.

"히메지마 양, 미안해. 다음은 내 차례야."

데구치가 앞으로 나가서 그렇게 말했다.

얼굴을 새빨갛게 물들인 히메지가 곧바로 돌아왔다.

"왜 말해주지 않은 거죠? 창피를 사게끔 내버려 둔 거군요?!"

"말하려고 했는데 늦었을 뿐이야."

정말, 히메지가 그렇게 말하며 주스를 마셨다. 그러자 토리고 에가 슬쩍슬쩍 내 소매를 잡아당겼다.

"타카모리 군, 다른 방에 갈래?"

"아, 응, 상관없긴 한데, 왜?"

"연습을 좀……."

"아, 그렇구나."

그 심정을 이해할 수 있었던 나는 토리고에가 나가자 따라서 방을 나섰다. 옆에는 방이 하나밖에 없었기에 어디인지 금방 알 수 있었다.

좀 전에 있던 방과는 달리 꽤 좁았다. 둘이서 소파에 앉자 어깨가 거의 닿을 정도여서 개인실이라고 해도 될 정도였다. 커플 시트나 그런 거 아닐까.

어깨가 슬쩍 부딪혔다.

"윽……."

"아, 미안."

여자애와의 거리는 상대가 누구라 해도 익숙해지질 않네.

"아, 아니……, 괜찮아."

토리고에가 고개를 저은 다음, 단말기를 들고 조용히 말했다.

"다들 사람들 앞에서 아무렇지도 않게 노래하네."

"그러게. 나는 좀 껄끄러운데."

"그러니까."

터치펜으로 단말기를 조작해 나가는 토리고에. 손 근처를 보니 아무래도 애니송을 찾고 있는 것 같았다.

"히이나나 히메지처럼 잘 부르지는 못해도, 왠지 귀엽게 못 부르는 느낌이라도 생기면 좋은데."

"아, 응."

무슨 말인지는 나도 이해할 수 있었다.

"뭐 그건 그 사람 성격에 따라 또 다르겠지."

"못 부른다 해도 어느 정도 언급해 주거나 놀려주는 게 마음이

편한 사람도 있겠지만, 나는……."

"나도 놀림당하는 타입도 아니고, 언급하지 않게끔 신경 써주는 것도 왠지 너무 조심스러워하는 것 같아서 껄끄럽거든."

"진짜 그렇다니까."

토리고에가 입력을 끝내자 작년쯤에 인기가 있었던 애니메이션의 주제가가 화면에 떴다. 나도 마지막화까지 봤던 거다.

아마 토리고에는 그 사실을 기억하고 있었던 것 같다.

그리고 이 노래는……, 남녀 파트가 나뉘어 있는 드문 곡이다.

툭툭, 마이크가 켜진 걸 확인한 토리고에가 그중 하나를 내게 건넸다.

"남자 파트 맡아."

"뭐, 연습이니까 괜찮겠지."

전주가 나오기 시작하자 화면에 애니메이션 영상이 떴다. 그러자 토리고에가 당황한 듯이 말했다.

"자, 잘 못 불러도, 무시하진 마. 아, 그래도 대놓고 디스하진 말고."

"따지는 게 많네."

나는 웃으며 그 말을 받아들였다.

"나도 똑같은 걸 요구할게."

"그렇게 말해놓고 사실은 잘 부른다면 혼낼 거야."

"왜 혼나야 되는데."

내가 살짝 웃자 여자 파트인 토리고에가 먼저 시작했다.

들어보니 토리고에가 걱정할 만큼 이상한 부분은 전혀 없었다.

잘 부르냐를 따지면 그렇지 않을지도 모르겠지만, 듣기 괴롭지는 않았다.

그러고 보니 히메지가 말했었지. 노래도 연습이라고.

……그렇다면 토리고에는 이 노래를 꽤 많이 불렀겠네.

남자 파트가 시작되자 나도 이어서 불렀다. 이런 느낌이었지? 그렇게 머릿속에 있는 기억을 목소리로 드러냈다. 문득 옆을 보니 토리고에가 머리와 고개를 살짝 움직이며 노래에 맞춰 입을 뻐끔거리고 있었다.

데구치가 말했던 열심히 하는 모습이 귀엽다는 것도 납득이 됐다.

화면에 비친 토리고에의 옆얼굴이 문득 이쪽을 보았다.

아, 둘이서 부르는 부분이구나.

그런 느낌으로 한 곡이 끝났다. 토리고에는 뭔가 해낸 듯이 시원스러운 표정을 짓고 있었다.

"타카모리 군, 말해도 돼?"

"혹평은 하지 말고."

"왠지……, 괜찮은 느낌이었어."

나는 가슴을 쓸어내렸다.

"그렇다면 다행이고."

"항상 혼자서 불렀는데, 둘이서 부르니까, 뭔가, 응."

토리고에는 흥분한 듯이 고개를 몇 번이나 끄덕였다. 방금 부른 노래가 마음에 든 모양이었다.

"토리고에, 방금 그 노래, 꽤 많이 불렀지?"

"응."

"이상하지 않아. 못 부르지도 않고."

"······다행이네."

안심한 듯이 미소를 보이는 토리고에.

"혼자 가지 말고 후시미나 히메지하고도 가지 그랬어."

"내가 부르고 싶어 하는 건 다들 모르는 노래라 별로 재미가 없을 것 같아서."

아, 취향을 생각하면 혼자서 가는 게 낫겠다는 거구나.

그렇게 합리적으로 생각하는 구석은 토리고에답다.

문득 문쪽을 보니 창문 너머로 마나가 이쪽을 빠아아아아아아아아아안히 들여다보고 있었다.

"으아, 깜짝 놀랐네."

"윽?! 마나마나······!"

마나가 안으로 들어왔다.

"큰 방에서 몰래 빠져나와서 이렇게 작은 방에서 달라붙어 있다니······. 시즈는 나쁜 애구나."

"잠깐 연습을 하고 있었을 뿐이야."

"나하고 같이 부르자고 했잖아. 왜 오빠야랑 연습하는데."

마음에 안 드는 게 그거냐.

"마나마나하고는 취향이 안 맞으니까 같이 노래를 불러봤자 별로 재미가 없을 것 같아서."

너무 돌직구잖아?!

"너무 돌직구잖아?! 왜 그런 말을 하는 거야?!"

아, 역시 남매구나.

토리고에 옆으로 와서 소파에 슬금슬금 엉덩이를 밀어넣은 마나가 토리고에 등에 팔을 둘렀다.

"나쁜 시즈에게는 벌을 줘야지."

"앗, 잠깐만, 그만……!"

토리고에가 몸을 이리저리 비틀며 마나의 손길에서 벗어나려 하고 있었다.

간지럽히나 싶었는데 아무리 봐도 가슴을 만지고 있다. 어두우니까 알아보지 못할 거라 생각했나?

"마나마나, 화낸다."

"커다란 가슴을 이런 곳에 숨겨두고!"

나도 모르게 봐버렸고, 들키면 위험하기에 곧바로 눈을 돌렸다.

"앗, 그만, 좀……."

"그만해, 멍청아."

퍼억, 내가 마나의 머리에 촙을 날렸다. 마나로부터 도망치려고 날뛰던 토리고에는 얼굴을 약간 붉히고 있었다.

"뭐 하는 거야~."

"그건 내가 할 말이고."

"벌 주는 김에 시즈가 얼마나 성장했는지 확인했을 뿐이잖아."

확인하지 마.

"오빠야도 해볼래?"

"마나마나."

마나를 나무라듯이 말한 토리고에와 눈이 마주쳤다. 그러자 그녀가 말없이 슬쩍 내게 거리를 두었다.

"안 해! 뭐 하러 온 건데."

"아이 차례가 되어가니까 가르쳐줄까 싶어서……, 이쪽을 들여다봤더니 같이 노래하고 있길래 오빠야에게 시즈를 뺏긴 것 같아서 발끈했거든, 그래서……, 저기…………."

으으으응? 내 여동생은 혼자서 순서대로 정리해 나가다가, 갑자기 뭔가 눈치챘다.

"나, 엄청 방해됐네!"

"노래도 다 부른 뒤니까 딱히 방해는 아닌데."

내가 말을 마치기도 전에 마나가 '조용히 해'라며 가로막았다.

"…………나, 여기에 아무도 들어오지 말라고 다른 사람들에게 말해둘게!"

"됐어! 됐어! 그런 말 할 필요 없다고!"

일어선 마나를 붙잡으려 하는 토리고에. 힘이 너무 세서 그런지 마나가 내 위로 쓰러졌다.

"끄엑?!"

후시미가 다가와서 이쪽 상황을 들여다보고 있었다.

"셋이서 뭐해?"

의아하다는 듯이 눈을 깜빡이고 있다.

"오빠야가 잘못했어……."

어지러워하는 마나가 조용히 말했다.

"마나마나, 무거워……."

그리고 토리고에도 같이 깔려 있었다.

"뭐, 좀……, 이것저것……."

나는 후시미에게 둘러대며 마나를 밀쳐냈다.

"무슨 일인데?"

"다들 음료수를 다 마셨길래 가져다줄까 해서."

"나도 도울게."

음료수 코너까지 혼자 갈 생각이었던 모양이다.

"고마워, 료 군."

작은 방을 빠져나와 복도 구석에 있는 음료수 코너까지 갔다.

"아이에게는 내가 대충 만들어서 엄청 맛없는 음료수를 마시게 해줘야지."

히히히, 후시미가 슬쩍 웃었다.

"중학생이냐."

이것저것 섞겠다는 뜻이잖아, 그거. 후시미는 히메지에게만 정신연령이 낮아지는 것 같다.

"료 군에게 내가 한 곡을 부탁하고 싶어."

"나한테? 내가 부를 수 있을까."

"료 군도 알고 있는 곡일 거야."

아, 그거구나. 노래 이름을 듣자 곧바로 생각이 났다. 중학생 때쯤 유행했던 잔잔한 러브송. 그렇게까지 어려운 곡은 아닐 것이다.

"이봐, 리나, 네가 있기만 하면 아무것도 필요가 없는데━━━, 라는 거였지."

내가 한 소절을 부르자 후시미가 또 요구했다.

"맞아, 맞아. 그런데 그 이름을 살짝 히나로 바꿔서 불러주면———?!"

후시미는 신이 나서 눈을 반짝이며 그렇게 말했다.

"그건 커플끼리 있을 때 남자가 이름을 바꿔서 부르는 거잖아."

"그럼 나랑 커플이 되면 히나로 바꿔서 불러줄 거야?"

반쯤 농담인 것 같은 말이라 대답하기가 곤란했다.

동그란 눈에 긴 속눈썹을 위아래로 움직이며 고개를 기울이는 후시미. 뭐라고 해야 할지 망설이는 나를 놀리는 미소가 드리워 있었다.

"음……, 커……, 커플이 되면 말이지?"

"앗싸."

그녀는 두 손으로 주먹을 쥐고 몇 번 흔들었다.

"그래서, 다들 뭘 마시는데?"

음료수를 받지 않았기에 의아해서 물어보니 후시미가 '아' 하는 목소리를 냈다.

"미안, 깜빡해버렸어."

혀를 슬쩍 내밀며 귀엽게 사과하는 후시미.

"큰 방으로 돌아가서 다시 물어볼까."

"번거롭게 해드렸네요."

"아뇨."

큰 방으로 돌아가는 짤막한 복도에서 후시미가 슬쩍 팔짱을 꼈다. 옆을 보니 엄청나게 밝은 미소가 보였다.

어느새 히이나와 타카모리 군이 사라졌다.

마나마나가 다른 사람들의 음료수를 가지러 갔다고 곧바로 가르쳐 주었다.

"오빠야 노래는 어땠어?"

"그럭저럭? 딱히 잘 부르는 건 아니지만 못 부르는 것도 아니라고 해야 하나."

"그렇구나~."

마나마나가 흥미롭다는 듯이 맞장구를 쳤다.

이야기를 들어보니 타카모리 군하고 노래방에 같이 간 적이 없는 모양이었다. 그렇기도 하다. 남매가 둘이서 노래방에 가는 건 뭐라고 해야 하나, 너무 심한 브라콘, 시스콘 같다.

"마나, 다음 차례예요."

작은 방에 고개를 내민 히메지가 그렇게 말했다.

"오케이~."

벌떡 일어선 마나마나가 나간 것과 동시에 교대처럼 히메지가 들어왔다.

"어느새 둘이서 몰래 빠져나가고."

눈을 흘긴 히메지가 내 볼을 꽉 꼬집었다.

"아파, 아파."

"제 노래도 듣지 않고 이번에는 히나랑 같이 간 건가요? 그 남자는 정말……."

히메지가 그렇게 말하며 어이없다는 듯이 한숨을 쉬었다. 나는 그녀가 놓아준 볼을 문지르며 그냥 타카모리 군이 자기 노래를 들어주길 바란 거 아니야? 라는 생각을 했다.

"료에게 물어보니 히나네 어머니에 대해 기억나는 게 딱히 없다네요."

"그렇구나."

히이나의 책상에 있던 일기장. 거기에는 타카모리 군네 집안과 있었던 다양한 일들이 적혀 있었다.

나는 기억나는 대로 히메지에게 말했고, 타카모리 군이 그렇게까지 극단적으로 연애에 둔감한 이유가 히이나와 그녀의 어머니가 트라우마로 작용하고 있기 때문이 아닐까라는 결론을 내렸다.

그리고 우리는 일시적으로 손을 잡기로 했다.

하지만 확실하게 규칙을 정한 건 아니고, 그때그때 맞춰서 히이나를 한쪽이 잡아두고 다른 한쪽이 타카모리 군 곁에 있는 정도였다.

"……너무 어른스럽지 못한 거 아닌가요? 아무리 그래도. 어린 애에게 그렇게 심하게 대하다니."

히이나네 어머니, 아시하라 사토미는 타카모리 군의 아버지와 소꿉친구였다.

연인이었던 두 사람이 관계를 끝내게 된 이유는 아시하라 사토미의 연예 쪽 일이 너무나도 많이 늘어나 생긴 엇갈림이었다.

아시하라 사토미는 헤어진 뒤에도 마음이 남아있었지만, 타카모리 군네 아버지는 타카모리 군의 어머니와 결혼해버렸다.

미웠을 것이다. 그 아이가 없었다면 다시 시작할 가능성이 있었을 거라 생각하면.

그리고 자신도 보란 듯이 결혼해서 히이나를 낳았다. 그리고 이혼했다. 히메지 말로는 그녀는 육아에 거의 관여하지 않았던 모양이다.

'히나는 사실 너를 좋아하지 않아'라고 했던가?

일기에 반성하는 내용을 적긴 했지만, 타카모리 군에게 화풀이를 했다는 건 좀 어이가 없다.

"히메지가 해줬던 당시 이야기를 들어보면 타카모리 군이랑 히이나는 정말 사이가 좋았지. 그런데 그 엄마에게 그런 말을 들었으니 당연히 충격을 받았을 테고."

"그로 인해 여자에 대한 뭔가 트라우마가 생겼고요."

덧붙여 말해준 히메지를 보고 내가 고개를 끄덕였다.

"기억나지 않는다는 걸 보니 무의식적인 것 같아."

"여성 불신이라거나 그런 건가요?"

"간단히 말하자면 그런 느낌이려나? 친구로서는 잘 해나갈 수 있지만 그 이상의 연애 감정을 조금이라도 느끼면……."

관계가 망가지지 않을 정도로 적당히 방향을 바꾼다.

타카모리 군은 둔감한 게 아니라 너무 민감한 것이다.

"초등학생 때는 저와 서로 좋아하던 사이였으니 상처가 그렇게까지 크지 않았던 것 같아요. 하지만 머리와 마음이 성장함에 따라서 계속 남아있던 트라우마의 상처가 크게 벌어져 버렸겠죠."

"일기를 보니 심하게 대한 것도 뭐, 이해가 안 되는 건 아니야."

잠자코 듣고 있던 히메지에게 내가 계속 말했다.

"일기의 내용만 보면 연예계 활동으로 바쁜 와중에 사귀었던 소꿉친구인 타카모리 군네 아버지는 관계가 잘 풀리지 않는다고 이별을 통보했고. 그리고 곧바로 다른 여자⋯⋯, 타카모리 군네 어머니와 달라붙었지."

"료 군의 어머니가 몸으로 빼앗았다는 뜻인가요?"

"히메지, 표현이 너무 직설적이잖아."

만화나 애니메이션 캐릭터라면 모를까, 실제 인물 이야기를 하면서 몸으로 빼앗았다고 하니 좀 껄끄럽다.

"아니, 사실이잖아요?"

"실제로 어떤지는 별개로, 일기의 내용만 보면 빼앗겼다고 느낀 것 같아. 그리고 타카모리 군이 태어났지. 연적의 아들인 거야, 후시미네 어머니가 보기에는."

"그래서 심하게 대해버렸다는 거군요. 제멋대로네요. 자기도 다른 사람하고 금방 달라붙어서 히나를 낳았잖아요."

"⋯⋯이건 내 추측인데, 금방 후시미네 아버지와 달라붙은 건 보여주기 위해서였겠지. 자기를 버린 타카모리 군네 아버지에게."

"더 좋은 남자와 사귀어서 결혼해주겠다는 건가요? 뭐라고 해야 하나, 기가 세다고 해야 하나, 척 보기에도 연예인 특유의 강한 자존심이나 드센 성격이 느껴지네요."

탄식하며 고개를 젓고 있는 히메지.

⋯⋯방금 그 말은 완전히 부메랑 아닌가. 내가 보기엔 엄청 자기소개 같다.

"타카모리 군에게 그런 말을 했던 건 반성한 모양이야."

"반성했다고 해서 다 괜찮은 건 아니잖아요?"

"잠깐만, 정론만 늘어놓지 마. 나는 일기에 적혀 있던 걸 기억나는 대로 말하고 있을 뿐이니까."

히메지가 연예계에 있기 때문인지, 아니면 히이나와 타카모리 군을 예전부터 알고 지낸 소꿉친구이기 때문인지, 히메지는 화가난 모양이었다.

"그 사람은 분명 히나에 히나의 아버지까지 상처 입은 자존심을 치유하는 도구로 삼은 거라고요. 어머니로서의 평판은 좋지 않았던 것 같고, 이혼도 일찌감치 했어요."

냉엄한 발언이다. 진실이 어떤지는 모르겠지만, 그렇게 볼 수도 있긴 하다.

그 말이 사실이라면 히이나는 정말 좋아하는 사람과 자신을 이어줄 것을 찾고 있었던 건지도 모르겠다.

어머니와 연극. 타카모리 군과 약속.

히이나를 단순한 연적으로만 볼 수 있다면 얼마나 편할까.

나는 간단히 그런 시점으로만 볼 수 없을 만큼 히이나와 사이가 좋다. 사이좋게 지내게 되어버렸다.

"그래도 이제 확실해졌네요. 히나는 상대로서 어울리지 않는 것 같아요."

나는 그렇게 딱 잘라 말하는 히메지의 강한 모습을 존경한다. 자신이 정한 길이 바로 왕도라는 듯이 올곧은 자신감과 자기평가가 있다. 타카모리 군의 상대는 자기라고 그녀의 눈이 말하고 있다.

"히메지는 타카모리 군을 정말 좋아하는구나."

"헤으윽?!"

생각지도 못했던 말인지, 히메지가 이상한 반응을 보이고는 콜록콜록 기침했다.

"괜찮아?"

"따, 딱히, 그런 건 아닌데요."

그래, 그래, 츤데레구나. 사레가 들린 건지 부끄러워서 그런 건지, 얼굴도 빨개졌고 눈이 약간 촉촉해졌다.

치사한 표정이다. 귀여워.

"그럼 어떤 건데."

"그건…………."

곤란하다는 듯이 눈을 피하는 히메지. 약간 심술을 부리고 싶어졌다.

"손을 잡았으니까 그런 것도 제대로 말해줘야지. 안 그러면 그냥 내 보조일 텐데."

"네……?"

입을 꾹 다물고 '으으으으~' 하며 강아지처럼 끙끙대고 있는 히메지.

"사…………, 상관없어요, 딱히. 보조여도요."

오기를 부리는 히메지를 보고 무심코 웃어버렸다.

절대로 상관없지 않으면서.

그렇게 대놓고 말하긴 싫구나.

내게 있어서 완전히 기습적인 존재였던 히메지. 하지만 점점 알아갈수록 함께 지내면 즐겁고 귀여운 여자애였다.

타카모리 군이 선택한 상대가 히이나든 히메지든, 나는 축복해 줄 수 있을 것 같다.

② 도우미

영화 완성 뒤풀이는 성공적으로 끝났다. 내 노래 때 갑자기 조용해지는 일도 없었고, 다들 신이 난 모습을 보여주었다.

나를 신경 써준거라 해도 정말 고맙다.

다들 갑자기 조용해져서 휴대폰을 만지작거리면 어떻게 해야하나 약간 걱정되었기 때문이다.

후시미와 히메지, 토리고에도 여러 곡을 불렀다. 노래하는 여자애는 평소보다 귀엽게 보인다는 게 신기했다.

다음 주 월요일.

후시미, 히메지와 함께 학교를 가다가 히메지가 불만이라는 듯이 연습이 힘들다거나 무슨 연출가가 잔소리를 많이 한다는 이야기를 꺼냈다.

후시미를 놀리는 건가 싶었는데, 별다른 생각은 없었던 모양이었다.

"아이도 힘들겠구나."

"노래는 괜찮은데, 아직 연출가가 하는 말의 의미나 의도를 제대로 이해하지 못하고 있는 것 같아서요……."

놀리고 뭐고가 아니라 진짜 고민이었다.

나는 연습 무대의 인간관계를 직접 본 적이 있다. 연기 지도 말고도 언니들이 괴롭히거나 그러진 않을지 약간 걱정되었다.

"그 머리가 약간 벗겨진 연출가의 입을 제 연기로 다물게 해주면 기분이 정말 좋겠죠."

그녀다운 모습은 여전한 것 같았기에 나는 약간 안심했다.

"이럴 땐 좋은 점이 되는구나, 아이 성격은."

"그러게."

후시미에게 맞장구를 쳤다.

학교가 점점 가까워지자 학생들의 숫자가 늘어났다. 후시미와 히메지가 인사를 받고 답례하다 보니 인사만 하고 끝내지 않은 여자애가 후시미 곁으로 다가왔다.

몸집이 작은 3학년 선배였다.

"후시미 양, 잠깐 괜찮을까?"

"아, 네?"

의아하다는 듯이 고개를 갸웃거리는 후시미에게 그 선배가 말했다.

"학교 축제 때 영화 상영하지? 준비하느라 바빠?"

"지금은 바쁘지 않아요. 영화도 완성되어서 준비라고 할 만한 건 없네요."

"갑자기 이런 말을 해서 미안해. 음, 난 연극부 부장인 요시모토라고 하는데."

연극부가 있다는 건 알고 있었다. 해마다 학교 축제 때 연극을 한다는 것도.

"연극부는 해마다 학교 축제 때 연극을 상연하는데, 거기에 나와주지 않을래?"

"제, 제가요?"

깜짝 놀라며 손가락으로 자신을 가리킨 후시미. 눈이 약간 빛나고 있었다.

"연극 레슨을 받고 있다던데."

"아, 네."

무슨 말을 듣게 될지 몰라서 굳어 있던 표정이 서서히 무너지기 시작했다.

어흠, 어흠~, 히메지는 일부러 헛기침을 하고 있었지만, 요시모토 선배는 무시했다.

히메지, 포기해. 완전히 안중에 없는 것 같으니까.

"상을 받은 영화에도 후시미 양이 출연했다고."

"네, 네, 맞아요."

쭈욱쭈욱, 후시미의 콧대가 높아지는 게 보이는 듯했다.

요시모토 선배의 말에 따르면 부원 한 명이 갑자기 병 때문에 입원하게 되어 인원이 한 명 부족하다고 한다.

연극부 내부에서 대역을 내놓을 수 없는 상황이었고, 후시미의 이름이 언급되었다는 모양이다.

"연극부는 해마다 학교 축제의 공연을 마지막으로 은퇴하게 되어 있어서, 어떻게 해서든 멋진 공연을 하고 싶어."

"나갈게요. 하겠어요."

대답 빠르네.

"어? 역할이라든가, 아직 그런———."

"할게요."

후시미의 눈이 다른 사람을 도와주겠다는 사명감과 자신감으로 타오르고 있었다.

이봐, 제안한 쪽에서 당황했잖아, 후시미.

"저기, 괜찮겠어? 반 쪽 준비라든가. 우리도 연습을 제대로 하니까 시간도 꽤 필요할 텐데……."

"맡겨만 주세요. 괜찮아요."

의욕이 넘쳐난다. 애초에 사람이 좋기도 한 후시미에게 곤란하다며 의논한 시점에서 대답은 이미 정해져 있었던 건지도 모르겠다.

"고, 고마워! 그러면 자세한 이야기는 방과 후에———."

요시모토 선배는 그렇게 말한 다음, 안심한 듯이 미소를 지으며 떠나갔다.

"잘됐네. 제안을 받아서."

"응!"

매우 기뻐하는 듯한 후시미를 보고 히메지는 한숨을 쉬었다.

"제가 있는데 히나에게 그런 제안을 하다니, 선택을 실수했네요."

히메지는 너무나도 건방졌다.

"히메지는 받아들인 뒤에도 선배한테 엄청 억지 부릴 것 같아."

"그러진 않아요."

"받아들일 시간은 있고?"

"없어요. 그러니 모처럼 제안을 해주셨지만 거절할 거예요."

"대체 뭐야, 이 녀석."

엄청 제안을 기다리던 눈치였으면서.

"거절한다 해도 일단 말을 해줬으면 하는 게 연기자의 심정이죠."

"귀찮은 녀석."

그런 의미로는 요시모토 선배도 보는 눈이 있었던 것 같다.

"난 료 군의 영화에 출연하면서도 계속 레슨을 받았으니까 시험해보고 싶다고 해야 하나, 아무튼 해보고 싶어."

예전이었다면 후시미의 올곧은 소원과 미소에 주눅이 들었을지도 모르겠다.

"어떤 역할이려나."

하지만 지금은 솔직하게 응원할 수 있다.

"무대는 오랜만이라 두근거리네요."

후시미의 방에 깔끔하게 정돈되어 있던 영화 DVD들. 라벨 쪽만 봤고 제목도 거의 모르는 것들이었지만, 신경이 쓰여서 검색해본 적이 있었다.

우연인지, 아니면 의도적인지, 몇 개를 검색해보니 절반 정도는 아시하라 사토미가 출연한 영화였다.

역시 마음속 한구석으로는 어머니를 의식하고 있는 것 같다. 어느 정도 동경하는 건지도 모르겠다.

"좋은 역할이면 좋겠는데."

"응!"

학교 축제까지 3주 정도 남았다. 후시미라면 분명히 잘할 것이다.

……그날 점심 시간이었다.

요시모토 선배가 후시미를 부르러 왔고, 후시미는 선배를 따라갔다.

보아하니 점심시간을 이용해서 연극의 내용과 후시미의 역할에 대해 설명할 셈인 것 같았다.

나는 토리고에가 의아해했기에 항상 함께 지내는 물리실로 가면서 오늘 아침에 있었던 일에 대해 말해주었다.

"아, 그렇구나. 이러쿵저러쿵해도 히이나는 우리 학교의 아이돌이니까."

토리고에는 선배를 따라간 후시미를 떠올리며 그렇게 중얼거렸다.

"아침에 히메지도 있었거든. 자기를 쳐다도 안 본 게 매우 불만이었던 모양이야."

토리고에가 쿡쿡 웃었다.

"눈에 선하네."

"히메지는 미소녀 전학생으로 화제가 되긴 했지만, 일단 아이돌 출신이었다는 걸 숨기고 있으니까. 성격도 좀 있고."

"아니~, 아마 상을 받은 타카모리 군의 영화에 출연했기 때문일 거야."

"내? 그 영화?"

"그래. 무명이었던 배우가 인기 있는 영화나 드라마에 출연한 영향으로 다양한 작품에 출연하게 되는 경우도 드물진 않잖아."

그러고 보니.

"히이나에게 그 현상이 일어난 게 아닐까 해서."

만약에 그렇다면 기쁠 것 같다. 뭐, 평가에는 후시미 덕분에 커버려진 구석도 있다고 적혀 있었지만.

오늘 아침에 제안을 받았을 때 보았던 그 미소를 떠올렸다.

오디션에 떨어져서 울고 있었던 걸 나는 알고 있다.

쓰레기 같은 연예 사무소의 사장이 약점을 잡고 넌지시 몸을 팔라며 간접적으로 말한 적도 있었다.

라이벌로 여기고 있는 히메지가 잘 나가고 있는 걸 보고 초조해한 적도 있었다.

……후시미가 발버둥 친 최근 몇 달 동안, 나는 곁에서 그녀를 봐 왔다.

학교 축제의 대역 같은 건 별것 아닐지도 모른다.

하지만 후시미에게는 큰 역할일 것이다.

처음으로 후시미의 연기를 원하는 제3자가 나타난 것이다.

물리실로 들어간 다음, 각자 평소에 앉던 자리에 앉아 점심 식사를 하기 시작했다.

"연극부는 몇 명 정도인지 알아?"

토리고에는 알고 있었던 모양인지 내게 금방 가르쳐 주었다.

"열 명 정도였을 거야. 한 명만 빠져도 큰일이겠지."

연극 중에 스탭이 얼마나 필요한지 나는 잘 모르겠지만, 그냥 인원만 생각해도 1인 2역은 불가능한 상태일 것이다.

"어떤 역할을 하려나."

"나중에 히이나에게 물어보지 그래?"

"하긴 그렇지."

토리고에가 후훗, 하며 한숨처럼 웃었다.

"왜 그래?"

"그렇게 신경이 쓰이면 견학시켜달라고 해봐."

"아니, 됐어. 방해만 될 테니까."

토리고에가 내 무의식을 들여다본 것 같은 느낌이라 조금 쑥스러웠다.

"나도 해보고 싶은 게 생겼거든."

호오, 그렇구나. 나는 그렇게 생각하며 신경 쓰이면서도 너무 다그치지 않게끔 자신을 억눌렀다.

"타카모리 군이 바쁜 와중에 자기가 만들고 싶은 영화를 찍는 걸 보면서……, 조금 촌스럽긴 하지만 자극을 받았다고 해야 하나."

"촌스럽긴 무슨. ……그래서, 해보고 싶다는 게 뭔데?"

"으……. 막상 물어보니 말하기가 조금 부끄러운데……."

"그게 무슨 소리야."

나는 그렇게 말하며 웃었다.

"히이나가 타카모리 군에게 여배우를 목표로 하고 있다는 걸 말하지 않았던 심정을 조금이나마 이해하겠어."

무슨 말인지 알겠다. 대체 뭘까, 그 망설여지는 느낌.

토리고에가 뭘 하고 싶은지 듣더라도 나는 비웃지 않을 테고, 아마 토리고에도 그 사실은 알고 있을 것이다. 그래도 왠지 말하기 껄끄럽단 말이지.

고등학생으로 교복을 입고 수업을 듣는다━━, 그렇게 날마다 비슷한 행동을 하며 시간을 보내고 있는 우리가 유일하게 다른 것이기 때문일까.

후시미의 연기도 그렇고, 내가 동영상 편집을 하다가 영화를 찍고 싶다고 생각했던 것도 각자의 인격이 반영되어 있기에 내면을 드러내는 듯한 느낌이 드는 건지도 모르겠다.

"나는 토리고에가 뭘 하고 싶어하든 엄청 응원할 거고, 잘되면 좋겠다고 생각할 거야."

"……섹시 여배우야."

"어?"

도시락을 보고 있던 나는 토리고에 쪽을 똑바로 보았다.

················어? 아니······, 어?

눈이 마주치자 토리고에가 장난을 성공시킨 어린애처럼 어깨를 들썩였다.

"후후. 깜짝 놀랐네. 후후후."

"하, 하고 싶다는 게, 그거야?"

영화를 찍는 내게 자극을 받았다더니······, 촬영이니까 상관이 없진 않은 건가······.

"농담이야."

"까, 깜짝 놀랐네. ······그, 그렇겠지."

내 반응이 정말 재미있었는지, 토리고에가 신기하게도 아하하, 소리를 내며 웃었다.

"할 수 있을지 없을지는 잘 모르니까, 하게 되면 가르쳐줄게."

"아, 응."

결국 하고 싶은 게 뭔지는 가르쳐주지 않을 모양이었다. 뭐 토리고에의 성격을 감안하면 터무니없는 짓을 하진 않을 것 같다.

"그건 그렇고, 히이나는 어떤 역할을 맡게 되려나. 나무 같은 거라면 좋겠는데. 재미있을 거야."

"재미야 있겠지만, 그런 식으로 재미있어하지 말라고."

그렇지는 않겠지.

잡담을 신나게 하다 보니 종이 울릴 때까지 시간이 가는 걸 잊고 있었다.

"서두르자. 5교시에 늦겠어."

토리고에를 재촉한 다음, 나는 물리실을 나섰다.

뒤에서 그녀가 내 팔을 잡아당겼다.

"……토리고에?"

내 팔을 잡은 손이 서서히, 조심스럽게 떨어지더니 소매를 살짝 잡기만 했다.

"왜 그래?"

"저기."

토리고에는 조심스럽게 나를 힐끔 보고는 볼을 천천히 물들였다. 시선은 발끝으로 내려갔고, 실내화 안에서 발가락이 불안한 듯이 슬쩍슬쩍 움직이고 있었다.

"나하고는, 땡땡이 못 쳐?"

"어?"

"히이나에게 이야기를 들은 적이 있거든……. 둘이서 수업 땡땡이친 적 있다고."

후시미하고 그랬다면 그 모르는 역에서 내려 바다에 갔던 때인가?

"아——, 아니, 미안——. 수다 떨다 보니까 즐거워서, 나도 모르게 이상한 말을 해버렸네."

토리고에는 둘러대는 듯이 미소를 보이고는 빠른 걸음으로 내 앞을 지나쳐갔다.

"토리고에."

뒷모습을 향해 말을 걸자 그녀가 나를 돌아보지 않은 채 멈춰 섰다.

"나라도 괜찮다면 같이 땡땡이쳐줄게."

나중에 후시미에게 잔소리를 듣게 되긴 하겠지만, 예전에도 그랬으니까.

"바보."

이제야 이쪽을 돌아본 토리고에가 곤란하다는 듯이 웃었다.

"지각할 거야, 학급 임원이면서."

토리고에는 그런 말을 남기고 발걸음을 서둘렀다.

교실로 들어갔을 때는 반 친구들이 거의 다 앉아 있었고, 선생님이 왔다고 생각한 몇 명이 우리를 바라보긴 했지만 곧바로 아니라는 걸 알고는 다시 떠들기 시작했다.

자리에 앉아있던 후시미는 대본 같은 걸 받았는지 빤히 바라보며 읽고 있었기에 우리가 돌아왔다는 것도 눈치채지 못한 것 같았다.

"어떤 역할이야?"

"아, 료 군. 어서 와. 오리지널 연극이고, 역할로 따지면 꽤 중요한 것 같아."

"이상한 배경 역이 아니라 다행이네."

"배경이면 일부러 외부에서 대역을 부르지도 않았겠지."

토리고에가 농담으로 말한 경우가 사실이 되진 않은 것 같았다.

각본이 오리지널인 연극이라. 후시미는 '작년에도 오리지널 연극을 했으니까'라고 했지만, 본 적이 없는 나는 전혀 알 수가 없었다.

"각본만 읽어봤는데도 재미있어."

"그렇게 말하니 신경 쓰이네."

"그래도 비밀이야. 스포일러 엄금이니까."

그게 무슨 소리야, 라고 말하자 후시미가 살짝 웃었다.

"오늘 방과 후부터 대본 읽기를 시작해서 연극부 쪽에 갈 테니까 먼저 집에 가."

나는 흔쾌히 알겠다고 대답했다. 대본을 읽는 후시미는 진지했고, 옆얼굴은 기합이 잔뜩 들어가 있었다.

이야기를 듣고 있던 히메지가 '그럼 제가 같이 집에 가드릴게요'라며 또 거만한 듯이 말했다.

"후시미, 기합이 바짝 들어갔던데."

그렇게 집에 가던 길에 나는 생각하던 걸 중얼거렸다.

"열심히 노력하는 건 히나의 장점이니까요. 그렇게 올곧은 구석이 의외로 꺾이기 쉽기도 한 것 같지만요."

히메지도 소꿉친구였지. 새삼 그런 생각이 들게 하는 말이었다.

"히메지에게 제안할 걸 그랬어! 라는 일이 생기지 않게끔 기원할 뿐이죠."

히메지는 그 상황을 상상한 건지 싱글거리며 웃었다.

"역할에 대해 물어봤는데, 제2의 히로인이라는 느낌이었어. 배역으로 봐서는 히메지보다는 후시미가 더 어울릴 것 같았거든."

"저는 못 한다는 건가요?"

곧바로 불만이라는 듯이 눈살을 찌푸리는 히메지. 나는 곧바로 덧붙였다.

"그게 아니라. 찍다가 생각한 건데, 히메지는 화려해. 제2라는 느낌이 아니라고."

"그, 그런가요……?"

기쁜 듯이 볼이 늘어진 히메지.

"그러니까 만약에 주역을 찾는다면 히메지가 더 잘 맞겠지."

뮤지컬 오디션에서 히메지가 합격했을 땐, 후시미도 노래와 연기가 좋았는데, 라며 동정했었다.

하지만 학교 축제용 영화를 찍다 보니 화면에 잘 살아나는 히메지의 강점 같은 것을 이해하게 되었다.

경력도 좋게 작용했다는 말을 나중에 마츠다 씨에게 듣고 어른의 세계는 불공평하다고 생각했지만———.

"히메지에게는 히메지의 장점이 있는 거야."

반대로 말하자면 후시미에게는 후시미의 장점이 있다.

"가, 갑자기 왜 그러는 거죠? 료 주제에 아이 쨩의 비위를 맞추려 하는 건 100년 이르다고요!"

히메지가 기뻐하면서도 쑥스러운 듯 나를 찰싹찰싹 때려댔다.

"평소엔 자신만만한 주제에 대놓고 칭찬하는 거엔 약한 거야?"

내가 조용히 말하자 히메지가 기분이 좋아졌는지 방향을 틀었다. 의기양양한 느낌으로 집에서 점점 멀어졌다.

"팬케이크를 먹으러 가죠. 제가 살게요!"

"……."

"히메지……, 난 왠지 걱정된다. 네 연예 활동."

"어? 그게 무슨 뜻이죠?"

"아니, 왠지……, 쉬워서."

"누, 누가 쉽다고요?"

"나는 사달라거나 그런 뜻으로 말한 게 아니라……."

"저도 알아요. 그래서 좀 더……, 이야기를 자세히 들었으면 했을 뿐이에요."

갑자기 얌전해지면 더 귀엽게 느껴지니까 곤란하다.

"료는 빈말을 전혀 하지 않죠. 저도 그 정도는 알아요. 그러니까 그렇게 생각해 준 게…………."

히메지는 끝까지 말하지 않고 입을 다물었다.

"뭐, 사준다면 굳이 사양하지 않고 얻어먹겠지만 말이야."

나는 방긋 웃은 다음, 멈춰 서 있던 히메지를 재촉했다.

"료 주제에 건방지네요."

"집에 갈 때는 히메지도 마찬가지잖아."

"1000엔까지만 내드릴 거거든요?"

"내가 예상했던 금액의 2배네."

"500엔으로 팬케이크를 먹으려 하다니, 어디 별 출신 외계인인가요?"

신이 난 히메지와 근처에서 팬케이크를 먹을 수 있을 만한 가게를 찾아서 들르기로 했다.

"이건 방과 후 교복 데이트라고요."

데이트, 인가?

내가 히메지와 단둘이 있는 걸 객관적으로 그렇게 볼 수 있을까.

"제가 말해놓고 좀 그렇긴 하지만, 선언하고 나니 약간 긴장되네요……."

자폭한 거잖아.

다양한 교복을 입은 여고생들이 잔뜩 있는 걸 보니 인기 있는 가게인 것 같은 카페로 들어가자.

"남자 데리고 왔네", "좋겠다……", "자랑하러 온 거야?", "남친 있었으면~" 하는 질투 절반, 선망 절반이 담긴 목소리가 들렸다.

말이 없는 히메지와 함께 자리로 안내받은 다음, 마주 보고 앉았다.

느슨해진 입가를 살며시 손으로 가린 히메지.

"사귀는 건 아니지만 말이죠."

그녀는 머리카락을 만지작거리면서 나와 눈을 전혀 마주치질 않는다. 시선과는 대조적으로 로퍼는 내 운동화와 딱 달라붙어 있었다.

가게의 상황과 시선에 겨우 익숙해지고서야 히메지는 원래 분위기를 되찾아갔다.

결국 자신에 대해 자세히 물어보고 칭찬받고 싶어하는 외계인인 히메지에게 장점을 30개 정도 말하게 되었다. 말했다고 해야 하나, 쥐어 짜였다는 게 더 자연스러울지도 모르겠다.

"료는 저를 좋아하죠?"

그녀의 자신만만한 미소를 보고 나는 쓴웃음으로 대답했다.

"네가 말하게 한 거잖아."

"그렇게 생각하지 않으면 보통은 그렇게 장점이 많이 나오진 않으니까요."

두 손으로 턱을 받친 히메지는 처음부터 지금까지 신이 난 데다 내가 반론하게 두지 않았다.

"뭐, 싫어하는 녀석하고는 방과 후에 이런 데 들르지도 않지."

"네? 그, 그런가요…………."

고개를 숙인 히메지가 점점 작아졌다.

"저기……, 이 학교 축제 때는 마지막에 남녀 희망자에 한해서 춤을 춘다고 들었는데요."

"아, 그거 말이지."

실행위원이 해마다 진행하는 학교 축제의 비공식 이벤트다. 단골 행사인 것 같으니 올해도 할 것이다. 비공식이라서 참가하지 않는 사람은 집에 가도 되기 때문에 나는 작년에 그냥 집에 갔다.

"료는 누군가 춤출 상대가 있나요?"

"저기~, 어땠나요?"

대답이 무서워진 나는 운전석에 있는 마츠다 씨로부터 눈을 돌려서 곧바로 사이드미러를 보았다.

미끄러지듯이 조용히 운전하는 마츠다 씨의 고급 세단이 천천히 속도를 줄였다.

앞을 보니 빨간불이었다.

마츠다 씨가 완성된 학교 축제 영화를 보고 싶다고 했기에 데이터를 보내줬다.

"쿙은 어떤 시점의 감상을 듣고 싶어?"

"어떤 시점이냐니, 그게 무슨 뜻이죠?"

멋진 선글라스 틈새로 마츠다 씨의 눈을 보았다.

"그냥 일반적인 관객 시선이나 프로 시선, 내 매우 개인적인 시선 등등."

"제일 부드러운 거요."

마츠다 씨가 쿡쿡 웃자 다시 자동차가 천천히 달리기 시작했다.

"재미없는 남자."

그거면 충분해. 혹평이라는 걸 안 이상, 감상을 일부러 물어볼 정도로 내 멘탈은 강하지 않으니까.

요즘, 아르바이트는 사무소에서 사무 작업만 하는 게 아니라 이렇게 마츠다 씨를 따라 현장에 나가게 되는 경우가 늘었다.

이번에도 사무소 소속인 다른 아이돌의 MV 촬영이 있는 모양이라 이렇게 스튜디오로 이동하고 있다.

나 같은 아마추어를 데리고 가도 되냐고 물어보자 '사회 견학으로 생각하렴'이라고 했다.

그러면서도 아르바이트 급료가 나오니까 나로서는 정말 고맙기만 하다.

예전과는 다른 스튜디오에 도착하자 관계자들이 마츠다 씨의 얼굴을 보고는 인사했다.

여자 같은 성격이지만 정말 잘생긴 마츠다 씨는 내가 보기에 친화력 괴물이다.

누구와도 끊임없이 원활하게 이야기를 해나가고, 적당히 마무리한다. 몇 명이든 얼굴과 이름을 일치시키는 것뿐만이 아니라 개인적인 에피소드까지 꺼낸다.

역시 이 사람은 내가 생각했던 것 이상으로 대단한 사람이구나.

대기실이 잔뜩 늘어서 있는 통로를 나아갔다. 드라마나 영화 촬영도 이곳에서 하는 모양이라 개인실 옆에는 모르는 사람의 이름이 붙어 있었다.

우연히 봤다고 자랑할 만한 젊은 여배우나 아이돌은 지금 없는 상태다.

막다른 곳에 있는 마지막 방도 별생각 없이 확인해보니, '아시하라 사토미 님 대기실'이라고 적혀 있었다.

으으응?

다시 한번 본 뒤에, 나는 세 번째로 확인했다.

아시하라 사토미————.

"왜 그래? 큥. 가자."

"어, 아, 네."

나는 아쉬운 마음을 억누르며 마츠다 씨를 따라갔다.

후시미의 어머니인 아시하라 사토미. 일찌감치 이혼한 이후로 거의 만나지 않았다고 한다.

우리 어머니 말로는 이웃의 평판이 별로 좋지 않았다는 모양이다.

세간의 여배우로서의 평가와 이웃인 어머니로서의 평가는 정반대인 것 같았다.

저번에 히메지가 물어봤을 때도 그랬듯이, 왠지 나도 별로 좋은 인상을 품고 있지 않다.

인사 같은 건 하지 않아도 되겠지.

후시미의 소꿉친구였던 이웃 꼬마 따위는 기억하지 못할 테고.

스튜디오 문을 열고 안으로 들어갔다.

이미 준비가 진행되고 있었고, 디렉터가 마츠다 씨에게 재빠르게 다가오자 소품과 세계관 확인을 하기 시작했다.

여러 스탭들이 일을 하고 있어서 그야말로 현장이라는 느낌이었다.

마츠다 씨가 어떤 식으로 머릿속에 그리고 있는지는 잘 모르겠지만, 마츠다 씨는 리테이크가 많았고 멤버들에게 요구하는 것도 많았다.

일단 휴식을 하게 되자 '이걸로 뭐라도 사 먹어'라며 마츠다 씨가 내게 100엔을 주었다.

스튜디오를 나선 뒤에 근처에서 발견한 종이컵 형식의 자판기 쪽으로 가보니 반대쪽에서 여자가 그 자판기 쪽을 향해 다가오고 있었다.

눈이 마주쳤다.

드라마에서 본 이후로 처음이지만, 그 여자가 아시하라 사토미라는 걸 금방 알 수 있었다. 나이가 40대 초반 정도일 텐데 20대후반 정도로 보인다.

화장 때문인가? 그래도 우리 어머니가 화장해봤자 이렇게까지 젊게 보이진 않을 텐데. 이목구비가 단정해서 그런가?

……역시 모녀구나. 후시미와 닮았어. 아니, 후시미가 닮았다고 해야 하나?

상대방이 먼저 자판기에 동전을 넣었다. 내가 빤히 바라봐서 그런지 아시하라 사토미도 이쪽을 힐끔 보았다.

"저, 저기. 아시하라 씨, 신가요?"

그냥 말을 거는 것뿐인데도 묘한 스트레스가 느껴졌다. 혼날 거라는 사실을 알고 교무실로 들어가는 듯한 기분이었다.

"그런데."

모르는 소년이 말을 걸었으니 깜짝 놀랄 줄 알았는데, 반응이 약간 달랐다.

그녀는 어두운 표정을 짓고는 뭐라고 대답해야 할지 곤란하다는 듯 슬쩍 억지 웃음 같은 미소를 드리웠다.

"후시미 히나 양의 소꿉친구, 타카모리 료라고 합니다."

"아, 역시? 그럴지도 모르겠다는 생각이 좀 들었거든."

그녀가 억지 웃음을 지은 대신 그리워하는 듯이 눈을 가늘게 떴다.

"알아보시나요……?"

"그래, 신라 군……, 너희 아버지를 빼닮았으니까."

아~, 우리 아버지하고 소꿉친구였던가? 이 사람.

마성의 중년 여성이라고 해야 할까. 예쁘고 태도도 정중하며 부드럽다. 직업 특성인지 목소리를 크게 내지 않아도 말 한 마디 한 마디를 알아듣기가 정말 쉬웠다.

이혼하지 않은 당시였다면 더 예뻤을 텐데, 어째서 나는 이 사람을 무섭다고 생각했던 걸까.

잘 지내니? 여긴 무슨 일로 왔어? 지금도 히나하고 사이좋게 지내니? 그렇게 평범한 이야기를 하고 있다가 그녀가 자판기를 손가락으로 가리켰다.

"뭐 마시고 싶어?"

"아뇨, 아뇨, 여기 쓸 돈을 따로 받아서요."

"괜찮아, 괜찮아, 사양하지 마."

"그럼."

나는 그렇게 말하며 호의를 받아들여서 음료수를 얻어 마셨다.

"아버지 옛날 사진 본 적 없어? 료 군은 정말 똑같이 생겼거든."

"그렇게 많이 닮았나요?"

지금, 이 흐름이라면 말할 수 있을지도 모르겠다.

"지금, 히나 양이 여배우를 목표로 연기 공부를 하고 있다는 건 알고 계신가요?"

"알고 있지. 그 애 아버지 쪽하고는 가끔 연락하니까. 그때 들었어."

내가 멋대로 추측한 거지만, 후시미는 아마 사라진 어머니에 대해 알려고 작품을 봤던 것 아닐까.

"그만두는 게 나을 거라고 말했는데, 그쪽은 설득하긴커녕 응원하는 모양이라서."

아시하라 씨는 어이가 없다는 듯이 말했다.

"그렇게 꿈만 같은 세계가 아니라고. 뭐가 어떻게 되어서 지금 그런 걸 하고 있는지는 모르겠지만."

그렇게 말할 필요는 없잖아. 자기가 생각하던 예쁜 세계가 아니라는 건 후시미도 최근 몇 달 동안 몸소 깨달았을 텐데.

그럼에도 불구하고 아직 연기 공부는 계속하고 있고, 연극부에서 제안을 받았을 때는 눈을 반짝였다.

현실을 알게 되어서 그만둘 정도였다면 이미 그만두었을 것이다.

후시미는 아직 필사적으로 발버둥 치고 있다.

"료 군도 말 좀 해주렴. 혹시나 네 말이라면 들을지도 몰라."

말할 리가 없잖아. 어째서 그런 말을, 내가.

혀까지 나온 말을 입이 충동적으로 내뱉으려 했다.

입술에 힘을 꽉 주고 의식적으로 입을 다물었다.

"그만두는 게 나은 건 세상에 잔뜩 있잖니."

걱정하는 부모라는 느낌이 전혀 들지 않는다.

당사자라기보다는 제3자처럼 싸늘하고 감정이 없는 의견이었다.

나는 화제를 되돌렸다.

"이번에 학교 축제 때 저희끼리 찍은 영화를 상영할 거예요. 히나 양이 주연이고요. 그리고 연극에도 출연하는 모양이라 지금은 기합이 바짝 들어서 연습하고 있어요."

"그렇구나."

관심이 전혀 없는 듯한 맞장구였다.

"봐주세요."

나는 아시하라 씨가 도망치듯이 피한 눈을 똑바로 바라보며 말
했다.

"히나를, 아직 좋아하니?"

얼굴이 화악, 붉어지는 걸 나 자신도 알 수 있었다.
그리고 그 사실이 더더욱 나를 부끄럽게 했다.
"아뇨, 저는 딱히 그런 게 아니라."
내가 무심코 말을 빠르게 하자 아시하라 씨가 깜짝 놀란 뒤에
미소를 지었다.
"후후후. 귀엽네."
"아뇨, 진짜로요."
왜 내가 이렇게 발끈하면서 부정하는 건데.
아니라면서 슬쩍 흘리기만 하면 될 것을.
"그러니까, 저기……, 혹시 시간이 되신다면……, 보러 와주실
수 있나 해서요."
날짜를 말하자 아시하라 씨가 비싸 보이는 손목시계를 힐끔 내
려다보았다.
"바쁘니까 힘들어. 그리고 그 애도 만나고 싶지 않아 할 테고."
종이컵을 든 채 떠나려 하던 아시하라 씨에게 나는 마지막으로
말했다.
"후시미가 어머니를 미워한다는 말을 한 적은 지금까지 한 번
도 없어요!"

유명한 여배우는 멈춰 서지도 않고 왔던 길로 돌아갔다.

다 마신 주스 컵을 쓰레기통에 버린 다음, 나는 스튜디오로 돌아갔다. 받은 100엔은 마츠다 씨에게 돌려주기로 했다.

마츠다 씨는 메인 카메라 옆에 놓여있던 의자에 앉아 캔커피를 마시고 있었다.

"돌려드릴게요."

"무슨 일이야? 안 마셨어?"

"아시하라 사토미 씨하고 자판기에서 마주쳐서요. 사주시더라고요."

"어머, 그래. 그 애, 오늘 현장이 여기였구나."

"그 애?"

"사이가 좋거든. 벌써 10년 이상 전부터 알고 지냈고."

마츠다 씨는 뜻밖의 연줄을 지니고 있었다.

이야기를 들어보니 마츠다 씨가 모델로 활동했을 때부터 촬영 때 만나 알고 지낸 사이라고 한다. 우선 모델로 활동했다는 것 자체도 처음 듣는 이야기라 놀랐다.

"알지도 못하는 소년에게 음료수를 사주다니, 기분이 좋기라도 했나?"

"일단은 아는 사이거든요."

나는 아시하라 씨와의 관계를 간단히 말했다.

"……그래, 후시미네 어머니였구나. 아이가 있다는 건 알고 있긴 했는데, 그런 이야기는 전혀 안 하니까."

"그랬군요. 후시미가 지금 학교 축제 때 출연할 연극 연습을 열

심히 하고 있어서요. 아마 그 녀석이 여배우가 되겠다고 생각한
건 아시하라 씨 영향이 꽤 있지 않을까 싶거든요."

"그래서?"

"마츠다 씨께서 아시하라 씨에게 학교로 와달라고 말씀해주시
면 안 될까요? 스케줄이 가능하다면 말이지만요."

마츠다 씨가 깔깔대며 웃었다.

"싫어."

"어……, 왜요?"

"다른 집 문제에 고개를 들이밀면 좋은 꼴을 못 보니까. 내게도
그런 이야기를 전혀 하지 않았는데 그런 내가 말해봤자 딸의 연
극을 보려 하진 않을 거야."

그렇긴 하네.

"지나치게 간섭하는 건 바람직하지 않아. 쿵이 후시미를 소중
하게 여기고 있다는 건 잘 알겠지만."

"그게 아니에요. 왜 그렇게 되는데요."

그래, 그래, 하며 마츠다 씨가 내 반론을 슬쩍 흘려넘겼다.

"후시미가 봐줬으면 한다고 절실하게 원한다면 협력해줄 수도
있고."

나 혼자 멋대로 폭주하는 것일 수도 있다는 건가.

지금까지 어머니 이야기를 직접 들은 적은 없다. 미워한다는
말을 한 적이 없다고 아시하라 씨에게 말했지만, 실제로는 어떻
게 생각하고 있을지———.

하지만 후시미는 생각하는 걸 말해주는 타입이니 만약에 그렇

다면 나도 들었을 것 같단 말이지…….

내가 이것저것 생각하고 있자니 마츠다 씨가 물어보았다.

"사토미, 예쁘지?"

"뭐, 네. 연예인은 대단하다고 생각했어요."

"쿙은 중년 여자도 받아들일 수 있는 타입이구나."

"어째서 그렇게 되는 건데요."

실제 나이보다 훨씬 젊게 보이니까 중년이라는 느낌이 전혀 들지 않는다.

'후후후, 귀엽네'라는 말을 들었을 때는 이상한 문이 열릴 뻔했지만.

"어머. 친구의 어머니라면 중년 여자를 좋아하는 사람들에게는 참기 힘든 상황 아닌가?"

"저기, 중년 여자를 좋아한다는 전제로 이야기를 진행시키지 말아주실래요?"

내 태클이 기뻤는지, 마츠다 씨가 무호호, 하는 이상한 웃음소리를 내며 커피를 마셨다.

나는 그 건에 대해 마츠다 씨에게 약속을 받아냈다. 후시미가 아시하라 씨가 봐주기를 바란다면 협력하겠다는 약속.

"협력하긴 하겠지만, 스케줄 때문에 안 되는 거면 어쩔 수 없거든?"

"저도 알아요."

후시미의 연극은 학교 축제로 끝나는 게 아니다. 그럴 생각만 있다면 앞으로 몇 번이든 볼 기회는 있다.

"큥은 진로를 어떻게 할 생각인데?"

"네?"

마츠다 씨답지 않은 질문이었기에 나는 깜짝 놀랐다. 지금까지도 진지한 이야기를 하긴 했지만, 이렇게 갑자기 하게 된 건 처음이었다.

"진학하려나요……?"

어렴풋이 얼버무리긴 했지만, 후시미와 같은 대학교에 가기로 약속했다. 무슨 대학교 어떤 학부인지까지는 아직 전혀 정하지 않아도 그것만큼은 정해져 있다.

"여름방학이 끝난 뒤로도 이러쿵저러쿵하면서 내 일을 도와주고 있잖니? 이대로 우리 회사에 들어오면 좋겠다 싶거든."

내가 긴장할 만큼 진지한 이야기가 아니었던 모양인지, 마츠다 씨가 '할 수 있다면 진학하는 게 낫긴 하겠지, 그야'라며 중얼거렸다.

오전부터 시작된 촬영은 저녁쯤에야 겨우 끝났고, 마츠다 씨가 나를 집까지 바래다 주었다.

동네와 어울리지 않는 고급 세단이 떠나가는 모습을 바라보던 나는 곧바로 후시미에게 전화를 걸었다.

『무슨 일이야?』

"지금, 시간 좀 있어?"

『? 응.』

지금은 집에 있는 모양이었다. 나는 오늘 아르바이트로 가게 된 곳에 대해 설명했다. 이야기의 흐름도 마침 괜찮았기에 아시하라 씨를 만났다는 이야기를 했다.

『……그랬구나.』

군은 목소리를 듣고 전화로 할 이야기가 아니라는 직감이 들었다.

후시미네 집에 가겠다고 말한 다음에 전화를 끊었고, 몇 분 정도 뒤에 도착했다. 벨을 누르자 후시미가 창문 밖으로 고개를 내밀었다.

"들어와."

손만 들어서 대답한 다음에 집으로 들어간 뒤, 후시미의 방 앞에서 일단 노크를 했다. 들어오라는 목소리가 들렸기에 문을 열었다.

"하던 이야기를 계속 하자면———."

나는 오늘 있었던 일들을 순서대로 말했다.

아시하라 씨와 우연히 만난 것. 후시미가 여배우를 목표로 하고 있다는 걸 알고 있다는 것. 아시하라 씨와 마츠다 씨가 친구라는 것.

"지금까지 후시미가 어머니 이야기를 한 적이 없었으니까, 어떻게 생각하는지 신경 쓰였거든."

만난 적이 거의 없다고 했으니 모녀 사이가 원만한지 여부의 차원이 아닐 것이다.

"후시미가 여배우를 동경하는 건 아시하라 씨의 영향이야?"

입을 다물고 있던 후시미가 쿠션을 끌어안은 채 고개를 살짝 끄덕였다.

"처음 연극을 봤던 게 계기라고 말했을지도 모르겠는데, 그것도 이유 중 하나야."

"아시하라 씨에게 영화랑 무대를 보러 와달라고 하자."

내가 그렇게 제안하자 후시미가 고개를 저었다.

"아니, 아니, 됐어, 됐어, 괜찮아. 분명 바쁠 테고, 거의 아마추어나 마찬가지인 여자애 연기 같은 건 프로 중의 프로가 봐줄 만한 게 못 될 테니까⋯⋯."

후시미는 도망치듯이 쿠션에 얼굴을 묻었다.

"그런 건 모르지."

"알아!"

"어떻게. 무슨 이야기라도 들은 적 있어?"

그녀는 고개를 들지 않은 채 쿠션에 얼굴을 비벼대듯이 고개를 저었다.

그렇다면 아시하라 씨가 실제로 봤을 때 무슨 생각을 할지도 모르는 거잖아.

"영화 평가 중에서도 후시미의 연기는 호평이었으니까, 당당하게 나서도 될 것 같은데."

그 말을 듣고 생각난 건지, 움찔거리며 반응을 보인 후시미.

"료 군은 어째서 내 연기를 엄마한테 보여주고 싶어 하는 거야?"

뭐, 합당한 질문이지. 확실히 말하자면 후시미네 모녀와 나는 상관이 없다.

"결과적으로 어떻게 생각할지는 별개로 치더라도, 특별한 사람에게는 자신의 좋은 모습을 보여주고 싶어 하지 않을까 생각했을 뿐이야."

초등학교 수업 참관 때는 후시미네 아버지가 왔다. 후시미는 신이 나서 계속 손을 들어댔기에 선생님이 쓴웃음을 지었을 정도다.

후시미는 그런 녀석이다.

나는 후시미의 그런 성격을 예전부터 알고 있다. 삐딱하게 구는 게 아니라 정면으로 자신을 봐달라고 들뜨는 여자애다.

그래서 이번 일에 대해 후시미가 소극적으로 구는 게 내게는 부자연스럽게 보인다.

"……나, 엄마와의 추억이 전혀 없고, 할머니가 좋게 말해주는 걸 들어본 적도 없어서 조금 무서워."

나는 잠자코 후시미가 하는 말에 귀를 기울였다.

"지금까지도 료 군에게 엄마 이야기를 안 했던 건 추억이 없다는 이유 때문이기도 해. 그리고 주위 사람들의 인상이 좋지 않아서 료 군도 그렇게 생각할 거라고 상상해보니 싫었거든. ……그래도 사실은 대단한 사람이야, 우리 엄마."

"나도 알아. 엄청 예쁘기도 했고."

그런 이야기가 아니었는지, 후시미는 미묘한 반응을 보였다.

"외모도 그렇지만, 내가 말한 건 연기야."

그 이후로 후시미는 어머니가 어떤 사람인지 흥미를 가져서 출연한 작품을 보게 되었고, 점점 그 일을 동경하게 되었다고 한다.

후시미는 좋아하는 영화 이야기를 할 때처럼 계속 열변을 토했다.

내 예상은 그대로 들어맞았다.

주위 사람들이 뭐라 하든, 후시미에게 있어서 어머니는 추억 같은 게 없더라도 자랑스러운 어머니였다.

"엄마이기 이전에 대단한 여배우니까, 내 연기에 시간을 할애해주는 게 미안하다고 해야 하나……."

이렇게까지 부정적인 말을 하는 건 드물었다. 그만큼 후시미에게 있어서 민감한 문제라는 거구나.

"나는 독립 영화든 학교 축제용 영화든 당당하게 다른 사람들에게 보여줄 수 있게끔 만들었다고 생각해. 후시미가 연기를 해줬다는 것도 그런 자신감으로 이어진 것 같고."

내리깔고 있던 후시미의 시선이 그제야 내 쪽을 보았다.

"오디션도 합격하지 못한 수준인데? 료 군이 소꿉친구라서 잘 봐준 것뿐일지도 모르고."

진위를 파악하려는 올곧은 그녀의 눈을 나도 똑바로 바라보았다.

"내가 잘 봐줬다 하더라도, 실제로 제3자들도 후시미의 존재감이나 연기를 높게 평가해줬잖아."

소꿉친구끼리는 닮는 법인가……?

한때 소원해졌지만, 오랫동안 함께 지내면 사고방식까지 닮아버리게 되나?

학교 축제용 영화를 찍기 전에 내가 했던 생각을 지금은 후시미가 말하고 있다.

"그건 료 군의 계획이 잘 맞아떨어졌던 거고……, 기쁘긴 했지만, 내가 아니었더라도 상은 받을 수 있었을 거야."

"그렇지 않아."

경험이 좀 있더라도, 소꿉친구나 주위 사람들이 칭찬하더라도, 다른 사람들이 어떻게 볼지, 평가가 두려워서 부정적으로 생각하게 된다———.

그때 내가 그랬던 것처럼, 지금 후시미가 그렇다면.

그녀가 해준 말에 지금 보답해야겠다.

"괜찮아. 내가 있으니까."

후시미가 눈에 힘을 주었다. 눈물이 슬쩍 맺히더니 유성처럼 눈가에 흘러내렸다.

"그렇게 멋진 말을 해도 안 돼."

"후시미가 인정해준 덕분에 내가 그렇게 영화를 찍고 지금에 이르렀어. 그러지 않았다면 마츠다 씨도 촬영 스튜디오에 데리고 가주지도 않았을 거야. 전부 후시미가 그때 나를 격려해준 덕분이라고."

후시미는 다시 눈물을 뚝뚝 흘리다가 닦아냈다.

내가 곁으로 다가가자 그녀가 나를 살며시 끌어안았다.

나는 코를 훌쩍이던 후시미의 머리카락을 쓰다듬었다.

"나는———, 내가 엄마를 대단한 사람이라고 생각하는 것처럼, 엄마에게도 자랑스러운 딸이 되고 싶어———."

자신이 예상한 허들을 넘어가지 못하는 게 두렵다. 그 심정은 나도 잘 알고 있다.

하지만, 그 허들 근처까지 가봐야 알 수 있는 것도 잔뜩 있다. 경험을 통해 내가 하게 된 생각이었다.

"부끄러워할 건 전혀 없어. 만약에 뭔가 문제가 있다면 물어보

자. 프로니까 뭐라도 가르쳐주겠지."

후시미가 얼굴을 들자 나는 시원스럽게 웃었다.

"후시미의 멋진 모습, 아시하라 씨에게 봐달라고 하자."

"…………만약에 심하게 비판당하면 위로해줘야 해?"

불안한 듯한 눈초리로 나를 올려다보는 후시미. 나는 웃으며 대답했다.

"그러진 않겠지만, 만약에 그렇게 되면 뭐든지 어울려줄게."

"그럼, 결심했어. 나는 좋은 모습을 보여줄 수 있게끔 노력할 테니까."

후시미가 각오를 다졌다.

"뭐, 보러 올지는 아직 모르지만 말이지."

"료 군……, 갑자기 내 결심에 찬물을 끼얹지 말아줘."

"미안."

내가 살짝 사과하자 후시미가 푸흡, 웃음을 터뜨렸다.

③ 각자의

후시미가 의사 표시를 들은 다음, 나는 마츠다 씨에게 연락해서 아시하라 씨에게 그 이야기를 전달해달라고 했다.

"가려나, 그 애."

마츠다 씨는 그렇게 말하며 회의적인 모습을 보였다.

그 무렵에는 만들던 영화 선전용 전단지도 완성되었기에 마츠다 씨에게도 전달했다.

주연인 후시미가 제일 눈에 띄고 조연인 히메지가 있다는 걸 알 수 있는 구도로 잘 찍힌 전단지였다.

"그걸 보고 손님이 올까요?"

방과 후. 남아서 학급 일지를 쓰고 있던 내게 히메지가 물었다.

"아마 올 거야."

어차피 '저를 메인으로 내세우는 게 손님을 더 끌어모을 수 있지 않을까요?'라는 말을 하겠지.

"저를 메인으로 내세우는 게 손님을 더 끌어모을 수 있을 것 같은데요?"

진짜 말하네. 히메지답다.

"주연이 제일 눈에 띄는 게 당연하지. 뮤지컬 무대도 히메지를 큼직하게 광고에 내보낼 거 아냐?"

"뭐, 저니까요."

당연하다는 듯한 말투였다. 영문을 알 수 없을 정도로 지나치게 강한 그 자신감을 후시미에게 나눠줬으면 좋겠다.

학급일지를 다 쓴 다음, 짐을 정리해서 일어섰다.

후시미는 요즘 방과 후에 연극부에서 연습을 한다. 그래서 집에 갈 때는 보통 히메지와 함께 가고 있다.

"가자, 히메지."

"네."

가방을 들고 교실을 나서자 히메지가 뭔가 생각났다는 듯이 말했다.

"아. ……오늘은 도서실 날이니까 그쪽으로 가주세요."

"도서실 날?"

그게 뭔데.

"가보면 알 거예요."

히메지가 그렇게 말을 꺼낸 다음, 의기양양한 미소를 지었다.

"어떻게 해서든 아이와 함께 집에 가고 싶다면 억지로 강요하진 않겠지만요."

가보면 알 거라고 하는 걸 보니 아마 토리고에가 있을 것 같다.

방과 후 당번이 오늘이었을 텐데.

"그럼, 가볼게."

건물 입구에서 히메지와 헤어진 나는 교무실의 와카 자리에 학급 일지를 두고 도서실로 향했다.

문을 열면 바로 나오는 카운터에는 예상대로 토리고에가 혼자 앉아 있었다. 소설 같아 보이는 문고본을 읽는 중이었다.

"한가해 보이네."

말을 걸자 토리고에가 고개를 들었다.

"어서 와. 뭐 빌릴래?"

"아니, 히메지가 오늘은 이쪽이라고 이해가 안 되는 말을 하길래."

"히메지……."

정말, 하고 투정하듯 토리고에는 인상을 찌푸리며 관자놀이를 눌렀다.

"좀 더 그럴싸하게………… 에휴."

한숨을 쉰 토리고에가 마음을 다잡은 듯이 옆자리에 앉으라고 권했다.

"위원도 아닌데 앉아도 되는 거야?"

"응. 사서 선생님이 가끔 오시긴 하는데 오늘은 안 계신 것 같으니까. 계신다 해도 혼나진 않고."

그럼, 하고 옆자리에 앉았다.

카운터에서 보이는 자습 공간에서는 3학년으로 보이는 사람 몇 명이 공부를 하고 있었다.

점심 시간과 마찬가지로 나는 하품을 하며 바깥 풍경을 바라보았고, 토리고에는 문고본에 집중하고 있었다. 문득 정신을 차리고 보니 팔랑팔랑 페이지를 넘기는 소리가 어느새 들리지 않게 되었다.

그리고 토리고에가 타악, 책을 덮었다.

"타, 타카모리 군."

"응?"

"데이터, 보내도 돼?"

의아했지만, 무슨 데이터인지는 물어보지 않았다. 긴장한 걸 보아 이상한 걸 보낼 것 같진 않았던 것이다.

"그래."

"그럼, 응."

곧바로 토리고에가 보낸 데이터 파일이 첨부된 메시지가 도착했다. 안을 열어보니 글이 적혀 있었다.

"내, 내가 썼어."

"이거, 소설이야? 썼구나."

토리고에는 쑥스러운 듯이 고개를 살짝 끄덕였다.

하려던 게 이거였구나.

"……응. 짧긴 한데, 썼어. ……타카모리 군이 제일 먼저 읽어줬으면 해서."

"난 이런 걸 잘 모르는데 괜찮을까? 후시미 같은 사람이 봐주는 게 낫지 않아?"

"응."

곧바로 읽으려 한 내 얼굴을 토리고에가 급하게 가렸다.

"앗, 지금 읽지 않아도 되니까! 시간이 있을 때 읽어도 되니까! 눈앞에서 읽으면 괴로우니까!"

"읽어달라고 하길래 지금 읽고 감상을 말해달라는 뜻인 줄 알았는데."

"그럴 생각이었는데, 안 되겠어. 껄끄러워."

아, 그건 좀 이해가 되네. 영상을 다른 사람들에게 봐달라고 할 때 그랬다. 어떤 표정으로 기다려야 할지 알 수가 없다.

"그럼 집에 가서 읽도록 할게."

"그렇게 해줘. ……아무것도 없는 게, 나뿐이었으니까."

"소설을 쓴 이유 말이야?"

"히이나도 그렇고 히메지도, 나와 마찬가지였던 타카모리 군조차 하고 싶은 게 있는데……."

"본인 앞에서 '타카모리 군조차'라고 하지 마."

"미안, 미안."

토리고에는 그렇게 말하며 살짝 웃었다.

"나도 뭔가 해보고 싶다는 생각이 들어서. 그렇게 용기를 낼 수 있었던 건 타카모리 군 덕분이야."

"나는 딱히 한 게……."

"재미가 없을지도 모르겠지만."

"미리 그런 말은 안 해도 돼. 무슨 심정인지는 나도 잘 아니까."

쓴웃음을 지은 내게 토리고에가 말했다.

"칭찬해줘. 엄청나게. 난 타카모리 군이 칭찬해주면 뭐든지 할 수 있을 것 같으니까."

"아, 귀엽다거나 그런 식으로……?"

그녀가 눈을 깜빡이더니 서서히 얼굴을 붉게 물들였다.

"어……, 그, 그런 뜻이 아니라……, 그런 것도 좋긴 하지만……."

점점 목소리가 작아지는 토리고에에게 일단 말해두었다.

"아, 캐릭터 말이야."

"……………그, 그렇지."

전혀 '그렇다'는 표정이 아닌데.

따악, 발끝을 차였다.

"뭐야, 갑자기."

"착각하게 만들고."

"멋대로 자기 이야기라고 착각한 건 너잖아."

"심쿵했잖아……."

그 말을 듣고 나도 심쿵해 버렸다.

"……내일, 놀이공원이지."

데구치의 제안으로 여름에 바다에 갔던 멤버들끼리 가게 되었다. 다른 반은 요즘 휴일에도 학교에 와서 학교 축제를 준비하고 있는 곳이 대부분이지만, 우리는 전날에 교실을 영화관처럼 꾸미기만 하면 된다.

"놀이공원은 어렸을 때 이후로 처음 가보는 것 같아."

"나도."

행선지는 이 근처 주민이라면 한 번은 가본 적이 있을 법한 자그마한 놀이공원이다.

마나에게 그 이야기를 했더니 완전히 신이 났다. 엄청나게 기대하고 있다.

"점심 싸 갈게."

"토리고에가?"

"응. 마나마나에게는 절반 정도만 준비하면 된다고 말해줘."

토리고에도 평소와 표정이 다르진 않았지만, 꽤 기대하고 있는 모양이었다.

도서실 문을 닫을 시간이 되자 안을 간단히 둘러보며 아무도 없다는 걸 확인하고는 토리고에가 문을 잠갔다.

열쇠를 교무실에 반납하고 온 토리고에와 건물 입구에서 합류한 다음, 둘이서 학교를 나섰다.

"벌써 꽤 어둡네."

"응. 위원 일이 끝나면 보통 밖이 이래."

"바래다줄까?"

토리고에네 집은 학교에서 그리 멀지 않았을 텐데.

"사양 안 한다?"

"그래, 응. 가자."

"그럼, 집까지, 부탁드릴게요……."

나는 토리고에를 집까지 바래다주기로 했다.

평소처럼 대충 잡담을 하다가 토리고에네 집 현관 앞에서 헤어졌다. 역으로 걸어가다가 돌아보니, 아직 집으로 들어가지 않았던 토리고에가 살짝 손을 흔들고 있었기에 나도 손을 흔들었다.

『얼른 집에 들어가.』

메시지를 보내자 휴대폰을 꺼낸 토리고에가 곧바로 답장을 보냈다.

『너야말로 얼른 집에 가.』

소리쳐 말하기는 껄끄러웠기에 메시지로 그렇게 주고받은 다음, 마지막으로 손을 살짝 흔들고는 집으로 갔다.

토요일인데도 학교에 가는 시간에 일어나서 나갈 준비를 했다.

나보다 한 시간 이상 일찍 일어난 마나는 내가 일어났을 때 이미 도시락 준비를 마쳐놓고 '오늘도 걸작이야, 갸루 도시락~'이라며 아침부터 신이 난 모양이었다.

갸루 도시락이라고 해도 어지간한 어머니가 싸주는 도시락에 비해 손색이 없지만 말이지.

히메지와 후시미가 우리 집에 오자 정기 행사가 되어버린 후시미의 패션 체크를 마나가 담당했다.

"전부 꽝은 아닐지도~?"

"앗싸~."

뭐, 그럭저럭……, 백 보 양보하자면 처음 같은 임팩트는 사라졌다고 할 수는 있겠다.

"나도 성장한다고!"

의기양양한 후시미 옆에서 평소와 마찬가지로 대학생처럼 멋지게 차려입은 히메지가 눈살을 찌푸렸다.

"네? 상당히 촌스러운데요?"

이거 괜찮은 거 맞나요? 히메지가 그렇게 눈빛으로 마나에게 묻고 있었다.

"익살맞은 패션은 아니게 됐으니까."

"그러게."

마나의 의견에 나도 맞장구를 쳤다.

"익살맞은, 패션……?"

히메지는 외국어를 들은 것처럼 고개를 갸웃거리고 있었다.

"드디어 마나에게 칭찬받았어! 기뻐!"

마나는 그렇게까지 기뻐할 만큼 칭찬한 게 아닌데?

"히나, 그래도 갈아입자."

"어째서??"

"전부 꽝은 아닌 것뿐이잖아. 익살맞은 패션에서 촌스러운 패션으로 진화했을 뿐이니까."

촌스러운 패션으로 진화……. 보통은 퇴화겠지만, 후시미 같은 경우는 그게 맞다.

마나는 어어어~? 하고 불평하는 후시미를 데리고 자기 방이 있는 2층으로 올라갔다.

"제 사복은 어떤가요?"

히메지가 현관에서 한 바퀴 빙글 돌아 보였다.

하얀 블라우스와 롱스커트, 신발은 쇼트 부츠를 신었다. 전체적으로 가을의 계절감이 느껴졌다.

고등학생은 살 수 없을 만큼 비싼 옷을 샀다는 느낌이다. 대놓고 비싸 보이는 분위기는 아니라는 것에서 센스 같은 걸 느낀다.

"전혀 고등학생으로 보이지 않아."

"……늙어 보인다는 뜻인가요?"

히메지가 눈을 흘기며 다그쳤다. 칭찬한 건데.

"어른스러운 분위기라 좋다는 뜻이야."

말이 좀 통했으면 좋겠다. 디스하는 게 아니라고.

"그렇다면 그렇다고 처음부터 말씀하세요."

칭찬한 건데 왜 나를 다그치는 거냐고.

"기다렸지~."

마나가 그렇게 말하며 가벼운 발걸음으로 내려왔다. 옷을 갈아입은 후시미도 따라왔다.

좀 전에 입고 있던 옷을 거의 다 갈아입었다.

"전부 꽝은 아니라며. 그럼 뭘 남긴 건데……?"

틀린 그림 찾기인가?

"아. 료, 보세요. 양말! 양말만 그대로 신고 있네요!"

너무 사소한 변화잖아. 갈아입기 전에 어떤 양말을 신었는지 기억도 안 난다고.

"촌스러운 히나에서 멋쟁이 히나로 진화했지."

학교 축제용 영화 때 헤어메이크를 담당했던 마나의 손이 닿으면, 진화를 촉진하는 것 정도는 손쉬운 일인 모양이다.

긴소매 니트에 무릎까지 내려오는 주름치마로 갈아입은 후시미.

"나는 그렇게 많이 달라졌나~? 같은 느낌인데……."

정작 후시미는 납득하지 못한 모양이었다.

"이쪽이 더 낫네."

나는 여자애들 패션을 잘 모르기 때문에 소극적으로 칭찬했다.

"이쪽이 압도적으로 더 낫네요. 역시 마나예요."

앞에서 소극적으로 칭찬하지 않았다면 나도 히메지와 마찬가지로 그렇게 마나의 솜씨를 칭찬했겠지.

화장도 바뀌었는지 후시미의 얼굴 분위기가 더 화려해진 것 같은 느낌이었다.

"뭐, 두 사람이 그렇게 말해준다면."

후시미는 어쩔 수 없다는 듯한 표정으로 고개를 끄덕였다.

다수의 찬성으로 개성파인 소수 의견을 억누르는 흐름이 되었다.

후시미의 패션은 갈아입기 전과 후가 꽤 많이 바뀌니까 볼 만하단 말이지.

"서두르죠. 만나기로 한 시간에 늦겠어요."

히메지의 말을 듣고 시계를 보니 집을 나설 예정 시각이 지났다.

우리는 집을 나선 다음, 전철을 타고 놀이공원에서 가장 가까운 역으로 서둘러 갔다.

우리 집에서 약 한 시간 정도 만에 목적지인 놀이공원에 도착했다.

입장 수속을 마치고 놀이공원 안으로 들어간 다음, 다 함께 지도를 보았다.

토리고에, 시노하라, 데구치와도 이미 합류했다. 예상했던 대로 다들 여기에 한 번 정도는 와본 적이 있는 것 같았다.

나와 마나, 후시미, 히메지는 초등학생 때 우리 지역의 어린이 모임에서 한 번 온 적이 있다.

그때는 엄청나게 크다고 느꼈는데, 지금은 작은 느낌이 든다.

"이렇게 작았나?"

내 생각을 후시미가 대변해 주었다.

"나는 전혀 기억 안 나는데."

"우리가 초등학교 1학년 때 정도였으니 마나는 아직 유치원 때였겠네요."

그랬나~? 라며 소꿉친구 세 사람이 추억 이야기로 신이 났다.

"토요일인데도 전혀 붐비질 않네."

데구치가 주위를 둘러보며 그렇게 말했다.

"어린애하고 가족들만 오니까 그렇겠지."

그런 지역 밀착형 놀이공원이다.

"롤러코스터, 어라? 이제 별로 안 빨라 보이는데."

고오오오, 소리를 내며 미끄러져 내려온 롤러코스터는 왠지 예전보다 느려 보였다.

경로를 간단하게 정한 다음, 첫 번째 놀이기구……, 옆에 있던 롤러코스터를 향해 걸어갔다.

"나는 안 탈래. 벤치에서 구경할 테니까 다들 타고 와."

"어~? 그러지 말고 두목님도 같이 타자~?"

"마나, 두목님이라고 부르지 말라고 몇 번이나 말했잖아."

"너무 화내지 말고."

마나가 정말, 하며 입술을 삐죽대고 있다.

"료 군, 빠른 놀이기구 잘 타?"

후시미가 불안한 듯이 물어보았다.

아, 그러고 보니 후시미는…… 당시의 추억이 떠올랐다.

"나는 잘 타는 정도까진 아니지만, 전혀 못 타는 것도 아니야."

"히나는 예전에 저 롤러코스터를 탔을 때 얼마나 무서웠던지──."

"아~, 아~, 아~, 아아아아아?! 구, 굳이 말할 필요 없어!"

후시미가 급하게 히메지의 입을 막았지만, 이미 늦었다.

"히이나, 무슨 짓을 저지른 거야?"

토리고에의 눈이 완전히 웃고 있다.

"무, 무슨 말씀, 이신가요……."

완벽 미소녀로 유명한 후시미의 완전한 흑역사였다.

보아하니 그게 트라우마였는지 후시미도 견학하고 싶어 하는 것 같았다.

"억지로 탈 필요는 없지. 또 그러면 좀, 응?"

"료 군도 웃는 거야?! 그때는 조금이었다고!"

조금만이라도 저지른 건 저지른 거지.

"아, 맞다. 히나가 엉엉 울던 거 기억나!"

"마나도 왜 쓸데없는 것만 기억하는 거야~?"

미소를 짓고 있긴 하지만, 왠지 모르게 무서웠다.

"지금 생각해보면 귀엽잖아. 오줌을 지리고 엉엉 울다니."

나도 기억하고 있다. 조금 지리고 엉엉 우는 후시미.

"타카료는 오줌을 지리는 애를 귀엽다고 생각하는 거야……?"

시노하라가 정색도 아니고, 벌레를 관찰하는 연구자 같은 눈빛으로 물어보았다.

"그럴 리가 없잖아. 무서워서 겁을 먹고 대참사를 일으키고는 엉엉 우는 어린애가 귀엽다는 거지."

말도 안 되는 모함이다. 내 성벽을 대체 어떻게 생각하는 건데.

애초에 내 성벽은 어떤 거지……?? 아니, 철학적인 생각을 하고 있을 때가 아니다. 이제 곧 우리 차례가 돌아온다.

"으으, 어쩌지……."

후시미가 힘없는 표정으로 중얼거렸다. 몇 명밖에 없던 롤러코스터 줄은 이미 사라진 상태다.

토리고에와 히메지가 말없이 눈빛을 교환한 걸 알 수가 있었다.

"히이나, 정말로 무리할 필요는 없어."

"강요할 사람은 아무도 없잖아요. 미나미 양하고 같이 견학하는 게 어떨까요."

시노하라는 이미 롤러코스터 근처에 있던 벤치로 이동했다.

롤러코스터가 출발 지점으로 천천히 돌아오자 히메지와 토리고에가 먼저 탔다. 옆자리에 앉은 게 아니라 앞뒤였다.

힐끔거리는 시선이 느껴졌다.

"그럼 토리고에 씨 옆에는 내가……."

데구치의 말에 토리고에는 오토바이 엔진 소리 같은 큰 헛기침을 했다.

데구치는 아랑곳하지 않고 그 옆에 타서 '우와, 긴장되네'라며 느긋하게 말하고 있다.

"료. 얼른요. 출발해버릴 거예요."

히메지가 시트를 찰싹찰싹 두드리며 재촉했다.

"아이는 어쩔 수 없다니까. 이번에는 오빠를 빌려줄게."

마나가 히메지 쪽으로 내 등을 밀었다.

"데구~, 내가 시즈 옆에 탈 거야."

"왜. 그러면 나는 혼자 타야 하잖아!"

"상관없잖아. 어차피 목적은 성희롱이었으면서."

"아니라고!"

데구치가 그렇게 소리치던 와중에 담당자 누나가 설명을 시작했다.

제일 앞에 앉아서 그런지 경치가 정말 좋았다.

내가 앉자 뭔가 말하려나 싶던 히메지가 굳은 표정으로 입을 다물었다.

"괜찮아? 히메지."

"누후, 누우, 누구한테 그런 말을 하는 건데요오."

"입가가 엄청 굳었잖아."

내려온 안전 바를 한 손으로 꽉 잡고 있던 히메지는 다른 쪽 손으로 내 손을 잡았다. 그녀의 손은 차가웠고, 약간 떨리고 있었다.

"이대로 잡고 있어도, 되나요?"

나만 믿는다는 듯 곤란해하는 표정으로 올려다보는 히메지.

항상 자신만만하던 히메지가 내게 기댄다고 생각하니 나쁘진 않았다.

"이제 죽을 때는 함께 죽겠네요……."

"재수 없는 소리 하지 마."

그런 말 하면 나까지 긴장되잖아.

담당자 누나가 기운차게 '다녀오세요~'라고 말했다. 롤러코스터가 움직이기 시작했고, 천천히 덜컹덜컹 소리를 내며 오르막길을 올라갔다.

"료……!"

"왜, 왜."

이야기할 여유가 없었기에 적당히 대답하게 되었다. 하지만 히메지는 여전히 내 손을 꽉 잡고 있었다.

"저, 그게, 저⋯⋯."

그때, 꼭대기까지 올라간 롤러코스터가 단숨에 내리막길을 미끄러져 내려갔다.

"아━━, 꺄아아아아아아아아아아아아아아아아악?!"

뭔가 말하려던 히메지의 비명이 퍼졌고, 뒤에서 마나가 그 모습을 보고 꺄하하하, 웃는 목소리가 들렸다.

속도와 원심력에 휘둘리면서 눈앞의 경치가 정신없이 바뀌는 와중에, 한순간 벤치에 앉아있던 후시미와 시노하라가 보였다.

휴대폰을 들고 우리를 찍는 모양이었다.

히메지의 비명은 여전히 멈추지 않았다. 역시 뮤지컬에서 주연을 맡기 위해 연습하고 있어서 그런지 목소리가 잘 들렸다.

마지막 커브를 돌아 속도가 줄어들자 좀 전과 마찬가지로 담당자 누나가 '고생하셨어요~!'라며 기운차게 격려해 주었다.

안전 바가 천천히 올라갔고, 시트에서 내린 마나가 기지개를 켰다.

"아~. 빵 터지네. 엄청 빵 터졌어."

재미 포인트는 롤러코스터보다 히메지였던 모양이다.

"마나마나, 히메지가 가엾잖아."

의외로 아무렇지도 않은 듯 토리고에도 내렸다. 하지만 태연한 척이었는지 다리가 떨렸다.

"오랜만에 탔는데, 긴장도 되고 무섭더라."

어이없어하던 나도 내리려 했다. 신경이 쓰여서 옆을 보니 히메지가 훌쩍거리며 눈물을 흘리고 있었다.

울고 있네?!

"아이, 엄청 우네."

푸흐흡, 마나가 당장에라도 웃음을 터뜨릴 듯이 싱글거리고 있다.

"그렇게 무서웠어?"

내가 묻자 코를 훌쩍이는 소리로 대답한 히메지.

"이야기는 나중에 하자."

계속 앉아 있으면 폐를 끼치게 된다. 먼저 내린 나는 손을 뻗어서 히메지의 손을 다시 잡고 시트에서 끄집어냈다.

"왜지. 엄청 강한 캐릭터 같던 히메지마 양이 훌쩍이며 울고 있으니까 가슴이 두근거리는데."

내가 어떻게 알아.

"제가 만약에 이 롤러코스터를 타다가 사고로 죽어버리면, 많은 무대 관련자분들께 폐가 되잖아요."

이제야 눈물을 멈춘 히메지가 중얼거렸다. 걱정했던 게 그거냐.

후시미, 시노하라와 합류하자 둘은 역시 동영상을 찍고 있었는지 그걸 우리에게 보여주었다.

롤러코스터 소리를 찢어발기듯, '꺄아아아아악?!' 하는 히메지의 비명이 울려 퍼지고 있었다.

"귀중한 히메 님의 대절규……."

시노하라가 고귀하게 합장할 듯한 부드러운 눈빛으로 동영상을 보고 있었다.

"아이, 괜찮아?"

후시미는 평범하게 걱정해 주었다.

"지, 지워주세요! 지금 당장 지워주세요!"

히메지가 시노하라의 휴대폰을 뺏고는 동영상을 삭제했다.

"내게는 평생 남을 추억이 되었어. 아이."

마나는 엄청나게 멋진 미소를 짓고 있었다. 도발 내성이 전혀 없는 히메지가 곧바로 달려들어 반론하기 시작했다.

"미소녀들이 시끌시끌 떠들고, 활기가 넘치고, 게다가 놀이공원…… 내게도 이런 세계선이 있었구나."

데구치가 감동한 듯이 그렇게 중얼거렸다.

다음은 회전하는 커피 컵. 줄을 서지는 않았고, 마나와 함께 탔다.

"햣하~!"

마나가 신이 나서 처음부터 핸들을 마구 돌린 탓에 멀미가 났다.

"역회전하면 플러스마이너스 0이지!"

"그, 그만둬……, 완전히 마이너스라고———."

그로기 상태가 된 내 목소리 따위는 들리지도 않았는지, 우리 여동생님께서는 눈을 반짝이며 이번에는 반대 방향으로 돌렸다.

……당연히 악화되었다.

끝나고 보니 5분 정도에 불과했던 그 놀이기구는 내게 한 시간 정도로 느껴졌다.

"타카모리 군, 얼굴이 하얀데."

"사진을 찍어두죠."

"좋은 생각이야. 커피 컵을 타다가 죽어가는 료 군."

내가 저항하지 못하는 틈을 타서 모두가 사정없이 사진을 찍기 시작했다. 그만두라고 말할 기력도 없었기에 비틀거리는 발걸음으로 벤치에 다가가 겨우 앉았다.

"30초 뒤에 KO 당할 복싱 선수 같아."

시노하라가 내 상태를 적절하게 비유했다. 뭔가 따질 여유도 없었기에 한동안 쉬고 있자니 그제야 내 평형감각과 컨디션이 원래대로 돌아왔다.

"히메지, 그러고 보니까 롤러코스터에서 나한테 뭔가 말하려 하지 않았어?"

"네?"

"나도 들었어. 꼭대기에서 내려가기 직전에 말이지."

"나도."

뒤에 있던 마나와 토리고에도 히메지의 목소리를 들은 모양이었다. 기억을 더듬는 듯 뜸을 들인 다음, 히메지가 살짝 얼굴을 붉게 물들였다.

"…………아무 말도, 딱히……, 하진 않았는데요."

"아니, 아니, 그건 거짓말이지."

마나가 곧바로 다그치자 '아이스크림을 사 올게요'라며 히메지가 도망치듯이 매점 쪽으로 갔다. 마나와 토리고에가 눈을 마주치고는 장난을 떠올린 것처럼 웃었다. 두 사람은 히메지를 추격하듯이 쫓아갔다.

"내가 음료수 좀 사 올게, 뭐 마실래?"

벤치 근처에 남아있던 우리에게 후시미가 그렇게 말하자 나도 일어섰다.

"혼자서는 힘들 테니까 나도 갈게."

"응. 고마워."

하지만 데구치와 시노하라는 음료수를 마시지 않는다고 했기에 우리 음료수만 사면 되는 상황이 됐다. 내게는 거의 기분전환이나 마찬가지다.

자판기를 찾으면서 돌아다니다 보니 유령의 집 앞을 지나쳤다.

후시미가 내 손을 잡고 멈춰 섰다.

"료 군, 온 김에 들어가 볼래?"

"온 김에?"

"둘이서. ……싫어?"

약간 걱정스럽게 올려다보며 물어보니 싫다고 할 수는 없었다.

화장 때문인지, 옷 때문인지, 항상 보던 교복 차림이 아니기 때문인지, 오늘은 한층 더 귀엽게 보인다.

"싫진 않아."

그래도 다른 사람들이 기다리는데, 라고 말하려 했지만, 후시미는 '그럼 가자'라고 내 말을 가로막으려는 듯이 팔짱을 끼고는 걸어가기 시작했다.

다 함께 뭘 탈지 이야기를 나눴을 때, 유령의 집은 호불호가 크게 갈렸기에 후보에서 일찌감치 제외되었다.

"후시미는 무서운 거 괜찮았던가?"

여름 축제 때 공포 영화를 보려다가 중간에 그만두었던 게 떠올랐다.

"별로······."

별로라는 건 꽤 힘들다는 뜻일 텐데.

오전이라 그런지 유령의 집은 한산했다. 컨셉은 폐허가 된 병원. 접수처에 있던 사람이 사무적으로 루트를 설명해주고 손전등을 주었다.

"안에 부적이 세 장 있으니까 그걸 가지고 탈출해 주세요."

그런 설정인 모양이다.

무전기로 뭔가 이야기를 주고받고는 '그럼 들어가세요'라며 안내해 주었다.

후시미는 설명을 듣던 중간부터 내 팔에 달라붙어 있었다.

"또 지리진 않겠지."

"············."

안 지려! 라는 대답을 기다리고 있었는데, 아무런 말도 없다.

"화, 화장실, 다녀올 걸 그랬어······."

후시미는 울상이었다.

"만에 하나 그런 일이 생기면 흑역사로 끝나지 않을 거라고, 후시미."

"나도 이제 어른이니까······."

"그러게. 어른이라면 그런 일은 없겠지."

그렇게까지 말하는 걸 보니 괜찮을 것 같다.

몇 발짝 걸어가자 삐걱대는 소리가 들리며 뒤쪽 문이 닫혔다.

"앗……, 아아아──, 닫혔어어어어어어어어?!"

"아까 설명하던데. 닫힐 거라고."

문이 열려 있으면 바깥에서 빛이 들어와 버리니까. 조명이 거의 없어서 어두운 복도를 후시미의 페이스에 맞춰서 천천히 걸어갔다.

어디선가 들리는 물소리, 싸늘한 냉기가 목덜미를 스쳤다.

휘이이잉~, 하는 싸구려 효과음이 들리지 않는 걸 보니 어린애들 눈속임이 아니라 진짜 무서운 곳이었다.

"설정이 이상하지 않아? 유령이 나오는 곳에서 부적을 떼다니, 사망 플래그 같은데. 뭘 봉인해두었다거나 그런 부적은 아니겠지만."

"어, 응…………, 그, 그러게."

건성으로 대답한 후시미는 아직 부들부들 떨고 있었다. 여전히 내게 달라붙은 채, 나를 지팡이처럼 이용하고 있는 건지 이제 막 태어난 새끼 사슴처럼 다리도 후들거리는 상태다.

진료실, 영안실, 수술실, 이 세 군데에 부적이 있는 모양이었다. 간단한 지도를 보면서 내가 조용히 중얼거렸다.

"어드벤처 요소가 제대로 들어가 있네."

"감탄할 필요는 없다고……."

철퍽, 철퍽, 물소리를 내며 원래 환자였던 것 같은 여자 유령이 맞은편에서 다가왔다.

"아앗~?! 아앗~, 아아아아아?! 어어, 어어어어?! 료료료, 로로로로, 로 군!"

너무 당황했잖아. 로 군이 뭔데.

"진정하라고."

후시미가 나와 벽 사이로 숨었다. 완전히 나를 방패로 삼을 셈이다.

여자 유령이 천천히 다가와서 스쳐 지나가려던 순간이었다.

"우아아아아아어어어!"

유령이 마치 좀비처럼 얼굴을 우리 쪽으로 내밀어서 코앞까지 들이댔다.

"으아아앗?! 까, 깜짝 놀랐네…….."

원래 그렇게 놀라게 만드는 건지, 그렇게 한 다음에는 떠나갔다.

이럴 때는 눈을 봐버리게 돼서, 아, 여기서 일하는 분이구나라고 생각하며 이상하게 안심해 버린다.

그러고 보니 연예 사무소에도 테마파크 아르바이트를 모집하는 안내문이 온다고 마츠다 씨가 말했던가? 저 유령분도 신입 극단원이나 탤런트려나?

배경까지 상상하기 시작하자 좀 전에 느꼈던 놀라움이 금방 사라져버렸다.

"어, 뭐야, 뭐야?! 뭐가 어떻게 된 건데?!"

나를 마구 흔들어대고 있는 후시미. 눈을 감고 있었다. 그야 그렇겠지.

"눈을 떠."

얼굴 근처에 손을 대고 눈을 억지로 뜨게 했다.

"뭐 하는 거야."

"아얏?!"

찰싹, 뺨을 맞았다. 그건 내가 할 말이지. 나는 달라붙은 후시미를 질질 끌고 앞으로 나아갔다.

"안 보면 오히려 위험해. 발치라든가."

내가 주의를 주자 후시미가 어쩔 수 없다는 듯이 그제야 눈을 떴다. 아래쪽을 보니 피로 물든 손자국이 복도에 잔뜩 찍혀 있었다.

"료 군, 바보오오오오오오오오오오오오오오오오오오오오오오?!"

"아니, 그럴 생각은 아니었는데. 미안해."

타이밍이 너무 안 좋았다.

첫 번째 부적이 있는 진료실에는 백의를 입은 해골이 의자에 앉아 있었다. 청진기를 목에 걸치고 있는 걸 보니 의사였다는 설정인 모양이다.

"료 군, 부탁해도 될까……?"

부적은 그 의사 뒤쪽에 있는 사무용 책상 위에 있었다.

"어쩔 수 없지."

갑자기 움직이지 않을지 경계하면서 뒤쪽에 있던 부적을 한 장 챙겼다. 그러자 해골이 깔깔대며 웃기 시작했다.

"우, 웃네……."

그런 패턴인가…… 가슴을 쓸어내리며 복도로 돌아와 보니 후시미가 매우 놀랐는지 딱딱하게 굳어 있었다.

그뿐만이 아니라 눈이 뒤집어질 듯한 표정이었다. 얼굴이 아깝지 않아?

"미소녀가 완전히 망가졌네. 일어나."

"허억?!"

"가자. 다음."

"료 군, 방금 나를 미소녀라고 불렀어?"

"안 불렀는데."

갑자기 따끈따끈한 봄 햇살 같은 표정을 지은 후시미가 신이 나서 내 뒤를 따라왔다. 다음 장소인 영안실에는 침대에 시신이 잔뜩 늘어서 있었다. 전부 얼굴에 덮어둔 흰 천이 벗겨진 상태였다.

"지도를 보니 저걸 원래대로 돌려두면 부적을 받을 수 있는 것 같아."

"료, 료 군에게만 기대는 건 좀 그러니까, 이번에는, 내, 내가……."

괜찮으려나. 지리지 않으면 좋을 텐데.

조심조심 안으로 들어가는 후시미. 한 장, 한 장, 그렇게 얼굴에 하얀 천을 덮어주기 시작했다. 너무 겁을 먹어서 잘 덮어주지 못한 사람도 있었다. 그리고 마지막 한 장을 얼굴에 덮어준 순간.

그 시신이 후시미의 팔을 잡았다.

"꺄아아아아아아아아아아아아아아아아아아아아아아악?!"

"으어엇?!"

후시미의 목소리 때문에 묻히긴 했는데, 방금은 놀라게 만든 쪽도 후시미의 비명 때문에 놀란 모양이네…….

그래서 손도 놔버렸고.

실내의 한곳에 조명이 켜지며 부적의 위치를 알려주었다.

Illustrations copyright © Fly

"시, 실례합니다………. 이, 이제, 금방, 금방, 나갈 테니까
요……."

후시미는 목을 움츠리며 이제 나갈 테니 아무것도 하지 말라고
부탁하고 있었다.

후시미가 낚아채듯이 부적을 회수한 다음, 광속으로 내 곁에
돌아왔다.

"가, 가지고 왔어!"

"OK. 그럼 다음 장소로 가볼까."

"칭찬해줘어."

입술을 삐죽대는 후시미의 머리를 살짝 쓰다듬어주었다. 그러
자 불만이 가신 모양이었다.

"마지막은 수술실이구나."

분위기에도 익숙해졌는지, 후시미는 복도의 연출에도 비명을
지르지 않게 되었다. 뭔가 볼 때마다 놀라긴 했지만 그래도 적응
한 모양이다.

알아보기 쉽게 수술실이라고 적힌 방 내부를 문에 달린 작은 창
문으로 들여다보니 수술을 하고 있는 의사로 보이는 누군가가 있
었다.

"료 군, 같이 가자……."

"응."

후시미가 내 손을 꼬옥 잡았다. 나도 격려하듯 세게 맞잡았다.

안으로 들어가자 철컥, 또 문이 닫히고 잠겼다.

"어?"

"부적은————, 찾았다."

의사는 뭔가 하려는 낌새도 보이지 않고 담담하게 계속 손을 놀리고 있었다. 수술 도구 위에 부적이 있었다.

"죄송합니다, 실례할게요……."

슬쩍 부적을 집자 그게 신호가 되었는지 문을 쾅쾅 두드리는 소리가 들렸고, 여러 유령이 문의 유리 너머로 이쪽을 들여다보았다.

"아아아아아아아아아아아아아아악?!"

조금 떨어져 있던 후시미가 곧바로 내게 달라붙었다.

"너희는, 여기에 있으면 안 돼. 어서 여기에서 나가도록……."

"어? 뭐라고?"

"방금 뭐라고 했어?"

"너희는, 여기에 있으면 안 돼. 어서 여기에서 나가도록……."

아, 여기서 나가라는 거구나. 의사가 손가락으로 가리킨 곳에는 비상용 출입구라고 적혀 있었다.

"가자."

나는 후시미의 손을 잡고 비상용 출입구를 통해 수술실에서 나갔다. 복도로 나와서 화살표 방향으로 가니 유령의 집에서 빠져나올 수 있었다.

"나왔다아아!"

후시미는 마치 기적적으로 생환했다는 듯이 기분 좋게 햇빛을 쬐고 있었다.

"아니, 원래 대부분 나올 수 있게 되어 있잖아."

회수한 부적은 설치되어 있던 간이 회수 박스에 넣었다.

"마지막에 봤던 의사는 대체 뭘까."

"죽은 뒤에도 환자들을 치료해주는 의사 유령 아닐까? 적당히 상상한 거지만."

"아~. 로맨틱하네. 긍지를 지닌 프로라는 느낌이야."

로맨틱한 건지는 잘 모르겠지만, 아마 도우미 캐릭터 같은 역할이었던 것 같다.

이제야 원래 목적지였던 자판기 앞에 도착하자 후시미가 캔 주스를 골랐다. 길가에 있는 자판기 가격보다 몇십 엔 비싸지만 살 수밖에 없다는 게 분하다.

철컹. 떨어진 후시미의 캔 주스를 꺼낸 다음 뚜껑을 잡아당겨서 따주었다.

"아, 고마워."

"아냐."

그녀는 어지간히 목이 말랐는지 단숨에 마셨다.

"살아 있구나~."

"캔 주스로 삶을 실감하지 말라고."

나는 쓴웃음을 지으며 페트병 차를 사서 두 모금 정도 마셨다. 그러고 있자니 우리를 발견한 다섯 사람이 이쪽으로 다가왔다.

히메지와 마나, 토리고에는 컵 아이스크림을 먹고 있었다.

"자판기를 이제야 찾아서."

후시미가 슬쩍 거짓말을 했다.

내가 지금 거짓말하는 거야? 라는 눈빛으로 옆을 보니 그걸 눈치챈 후시미가 혀를 살짝 내밀었다.

"조금 일찍 점심 식사를 하자는 이야기가 나왔는데요."

우리가 없는 사이에 나온 의견을 히메지가 대표로 말했다. 이제 20분 정도 지나면 정오니까 그리 이른 시간도 아닐 것이다.

나와 후시미는 반대하지 않았다. 미리 눈독을 들여둔 건지 토리고에가 '저쪽에 식사용 공간이 있는 것 같아'라고 금방 가르쳐 주었다.

"시즈가 진심이네."

히히히, 마나가 슬쩍 웃었다.

"시이, 마나 앞에서는 요리 잘한다는 말을 하지 않는 게 좋을 거야."

후시미가 주의를 주자 토리고에가 고개를 저었다.

"괜찮아. 마나마나하고는 승부를 한 번 냈으니까."

"내 압승이었지만 말이지!"

그런 판정을 내린 기억은 없는데?

약간 빛이 바랜 흰색 의자와 흰색 원탁이 늘어서 있는 식사 공간에 도착하자 마나와 토리고에가 도시락을 펼쳤다.

"언제 요리 같은 걸 할 수 있게 된 거야?"

시노하라가 토리고에에게 물었다.

"뭐, 그야 하다 보면 되는 거지."

쑥스러운 듯이 말꼬리를 흐리는 토리고에.

"시즈는 오빠야한테 점수를 따러 나선 거야. 내 영역에서 말이지."

정말로 요리 쪽으로는 까다로운 여동생이다.

"".......""

후시미와 히메지가 약간 긴장된 분위기를 보인 건 내 착각일까.

"나도 할 수 있긴 한데, 오늘은 두 사람이 싸 온다고 해서 그냥 왔을 뿐이야."

후시미 네가 할 수 있는 요리는 호박찜뿐이잖아.

"뭐, 제가 도시락을 싸 오면 모처럼 싸 온 두 사람의 도시락이 묻혀버릴 테니까요."

히메지는 안 좋은 의미로 충격적이니까. 의미는 다르지만 틀린 말은 아닐 것 같다.

마나의 요리 레벨을 10단계 중 9라고 하면 토리고에는 5, 후시미는 3, 히메지는 1 정도다. 비교적 상식이 있고 정상적인 요리를 하는 두 사람이 싸 온 도시락이니 걱정이 되지는 않았다.

반찬이 겹치면 비교하면서 먹는다. 토리고에는 토리고에네 집 스타일, 마나는 프로 같은 스타일이라 양쪽 다 먹으면서 질리지 않았다.

학교 축제 이야기가 나왔고, 마나의 진로 이야기가 나왔고, 시노하라네 학교 축제 이야기가 나왔다. 그렇게 화제가 끊이지 않다 보니 어느새 도시락과 음료수를 전부 다 먹었다.

"토리고에 씨가 손수 싸 온 도시락을 먹을 수 있다니, 난 정말 행복해."

먼 산을 보며 슬쩍 미소를 지은 데구치는 이제 여한이 없다며 언제 죽어도 괜찮다는 모양이었다.

"호들갑이야."

토리고에가 웃었다.

"타카모리 군은 어땠어?"

"토리고에네는 평소에 이런 밥을 먹겠구나 싶었지. 그런 가정적인 느낌이라 맛있었어."

"다행이네. 마구 먹어대길래 불만은 없겠다 싶긴 했는데."

그렇게 마구 먹어댔나? 배가 고팠으니까 그렇게 보였을지도 모르겠네.

시노하라가 토리고에를 가리켰다.

"시이는 마이페이스지만, 이래 봬도 헌신하는 애라고."

"미이, 그런 말은 안 해도 돼."

토리고에가 자신에게 내민 시노하라의 손을 밀어냈다.

"헌신하고 뭐고 오빠야의 밥 담당은 나니까 시즈도 그건 안 되거든?"

마나는 자기 구역에 누군가가 들어오면 갑자기 분위기가 험악해진다.

그때, 메시지가 하나 왔다. 마츠다 씨가 보낸 메시지였다.

『사토미에게 전화를 몇 번 걸었는데 안 받네~. 부재중을 보고도 내게 걸지도 않고.』

그런 말과 함께 마스코트 캐릭터가 울상을 지으며 슬퍼하는 이모티콘이 왔다.

후시미의 생각을 아시하라 씨에게 전해달라고 했는데, 잘 풀리지 않은 모양이었다.

『메시지를 보냈는데도 마찬가지야. 그래서 친구가 별로 없는 거지이.』

나는 다른 곳으로 가서 마츠다 씨에게 전화를 걸었다.

"고생 많으시네요. 갑자기 전화 걸어서 죄송해요."

『괜찮아. 지금은 마침 한가하니까.』

"아시하라 씨 연락처를 가르쳐주실 순 없을까요?"

개인 정보라거나 프라이버시라는 걸 따지는 요즘, 그런 말을 한다고 들어줄 리가 없다. 어차피 밑져야 본전이라 생각하며 다른 방법을 생각하고 있자니 쉽사리 대답이 돌아왔다.

『그래.』

그래도 되는 거야? 명색이 유명 여배우인데.

『친한 친구인 나를 무시한 벌이야. 우후후.』

"감사하긴 한데, 괜찮은 건가요?"

『왜애? 쿵은 사토미 연락처로 나쁜 짓을 할 셈이었어?』

"그럴 리가 없잖아요."

『그러면 상관없잖니. 내게는 친구인데, 쿵에게는 뭐야? TV에서 본 여배우?』

"소꿉친구의 어머니요."

『그럼 신경 쓸 필요 없지.』

그렇다. 여배우나 그런 걸 떠나서 나는 그저 열심히 노력하는 후시미의 연기를 어머니가 봐줬으면 좋겠다. 그리고 후시미도 그걸 원하고 있다.

마츠다 씨가 곧바로 전화번호를 메시지로 보내주었다. 받으면 좋겠다는 말과 함께.

나는 고맙다는 인사를 메시지로 보냈다.

주말은 바쁘려나. 아니, 일정이 딱히 정해진 직업이 아니다.

다른 사람들은 아직 밥을 먹던 곳에서 시끌시끌 떠들고 있었다.

큰맘 먹고 아시하라 씨에게 전화를 걸어보았다. 잠시 후 소리샘으로 연결되었다.

일을 하고 있는 건지도 모르겠다.

나는 안내에 따라 소리가 난 다음에 메시지를 남기기로 했다.

"갑작스럽게 연락드려 죄송합니다. 타카모리예요. 번호는 마츠다 씨께 물어봤습니다. 저기, 학교 축제 때 말인데요. 후시미, 아니, 히나 양도 어머니께서 연기를 봐주셨으면 한다고———."

다시 삐 소리가 울리고는 메시지가 어중간하게 끊어져 버렸다.

"이봐~! 타카양~! 슬슬 가자고~."

"알았어!"

데구치가 큰 목소리로 나를 불렀다. 나는 메시지를 보내기로 했다.

모두와 합류한 다음, 회전목마를 타기 위해 이동했다. 보아하니 내가 따로 떨어져 있었을 때 정해진 것 같았다.

고등학생이 탈 만한 건가? 그렇게 생각했는데 여자들 사이에서는 인기가 있는 모양이었기에 나와 데구치는 그냥 따라가게 되었다.

그 이후로도 급류타기나 게임 센터에 있을 법한 미니 코너 등, 평소 이상으로 신이 난 사람들에게 자극받아 나도 평소보다 들떴다.

무슨 일이 생길 때마다 매우 호들갑스럽게 행동하며 큰 소리를 내던 데구치는 저녁쯤에 목이 약간 쉰 상태가 되었다.

그 사이에도 신경 쓰고 있던 아시하라 씨의 답장은 올 낌새가 없었다.

놀이기구를 대부분 탄 다음, 마지막으로는 관람차를 타게 되었다.

"최대 네 명까지 탈 수 있는 것 같은데."

주의사항을 읽은 시노하라가 가르쳐 주었다. 일곱 명을 두 조로 나누게 되었고, 결과적으로 나는 토리고에와 후시미까지 셋이서, 히메지, 마나, 시노하라, 데구치가 넷이서 같이 타게 되었다.

"어~? 이렇게 나누면 데구가 혼자 타게 되잖아? 너무 가엾은데."

마나가 자연스럽게 데구치를 따돌리려 했다. 히메지도 고개를 끄덕이며 맞장구를 치고 있었다.

"다시 짜야겠네요."

"잠깐, 잠깐, 3, 3, 1로 나누는 건 이상하잖아?! 네 명까지 탈 수 있다는데."

토리고에가 내 옷을 슬쩍슬쩍 잡아당겼다.

"슬슬 우리 차례야."

"료 군, 가자~."

"그러니까 넷이서 이야기해봐."

나는 그렇게 말하며 도와줄 사람이 아무도 없는 데구치를 남겨두고 입구로 향했다.

타세요~, 라는 안내 담당자의 말에 따라 토리고에, 후시미 뒤로 들어갔다.

"응."

마지막으로 타려던 나는 한순간 멈춰섰다. 두 사람이 같은 시
트에 앉을 줄 알았는데 마주 보고 앉아 있었다.

둘 다 이쪽을 힐끔 보고는 반대쪽 경치 쪽으로 눈을 돌렸다.

""…….""

오늘은 별로 이야기를 한 적이 없었기에 토리고에 쪽으로 앉
았다.

"으으……?"

후시미가 끙끙대자 토리고에가 뜻밖이라는 듯이 눈을 깜빡이
고 있었다.

"아, 이쪽에 앉는구나."

내가 뭐라고 말하기도 전에 철컹, 문이 닫혔고, 곤돌라가 천천
히 위쪽으로 움직였다.

오늘을 돌아보며 좀 전에 있었던 일에 대해 이야기를 나누었다.

생각해보니 친구들끼리만 놀이공원에 온 건 처음이다. 보아하
니 다른 두 사람도 마찬가지였던 모양이다.

"히이나는 온 적 있었을 것 같은데."

"아니야, 처음이야. 가자는 이야기를 들은 적은 많긴 하지만."

"남자애가?"

토리고에가 묻자 후시미가 곧바로 덧붙였다.

"여자애들도."

그렇다면 남자애가 가자고 한 적도 있었다는 건가?

"히이나, 그건 데이트 신청이잖아?"

"……뭐, 그런 건 상관없잖아."

이미 알고 있었을 텐데, 새삼 그런 사실을 알게 되자 복잡한 심정이 되었다.

남자애들이 고백을 잔뜩 했다면 그 이상으로 놀러 가자는 제안도 많이 받았을 것이다.

후시미는 나하고만 사이좋게 지내는 게 아니다.

누구와도 사이좋게 지내기에———.

나는 그냥 소꿉친구고, 적당한 관계일 뿐. 나는 그걸 특별히 사이가 좋다고 착각했다———.

"료 군, 저거 봐. 아마 우리 집일 거야! 후시미 하우스라고!"

밖을 보며 손가락으로 가리키던 후시미는 어린애처럼 눈을 빛내고 있었다.

"후시미네 집은 저렇게 크지 않을 텐데."

"히이나, 저건 아마 시청일 거야."

"차, 착각했네……."

후시미가 쑥스러운 듯이 웃었다. 시기 탓에 일찍 찾아온 저녁놀이 미소를 비추고 있었다.

내가 그 미소를 귀엽다고 생각하는 것처럼, 많은 남자들도 그렇게 생각할 것이다. 그 마음을 특별하게 여기며 사랑에 빠질 것이다.

"헉. 위쪽 곤돌라……, 커플……, 뽀뽀하고 있어."

후시미가 아으으으, 하며 위쪽을 손가락으로 가리키고 있었다.

나와 토리고에도 덩달아 위쪽을 보았고, 각도 때문에 잘 보이진 않았지만 남녀가 붙어 있는 걸 알 수 있었다.

"".......""

셋이서 위쪽을 빤히 보다가 분위기가 이상해졌다.

"데구치네는 어떻게 되었으려나."

내가 화제를 돌리기 위해 아래쪽 곤돌라를 보니 이러쿵저러쿵하면서도 넷이서 타 있었다.

그때 휴대폰이 진동한 듯한 느낌이 들었기에 주머니에서 슬쩍 꺼내 화면을 보았다.

메시지에 답장이 와 있었다.

나는 급하게 주머니에서 휴대폰을 꺼내 들고는 메시지 화면을 띄웠다.

내 예상대로 아시하라 씨가 보낸 답장이었다.

『스케줄 때문에 힘들어서 못 갈 것 같아. 미안해. 그리고 그 애의 연기를 볼 자격도 없을 것 같으니까. 학교 축제, 열심히 하렴.』

으음~. 와달라고 하는 건 힘들 것 같네.

왜 내 메시지에는 답장을 보내준 걸까.

"타카모리 군, 왜 그래?"

"아, 아니, 좀……. 후시미, 그 이야기, 토리고에에게 해도 돼? 보러 와달라고 하자는 이야기."

"…………시이에게는 괜찮아."

천천히 움직이는 곤돌라 안에서 나는 아시하라 사토미라는 사실은 숨기고 이혼한 뒤로 만나지 않았던 어머니라며 좀 전에 받은 메시지까지 포함해서 토리고에에게 상황을 설명했다.

"어머니는 역시 바쁘구나."

후시미는 낙담한 것 같으면서도 안심한 듯이, 그리고 곤란한 듯이 미소를 지었다.

"히이나네 어머니는 바쁜 사람이구나. 연극부 공연 영상을 나중에 보내드리면 되는 거 아니야?"

"연극부는 해마다 찍으니까 그 데이터를 달라고 할 생각이긴 해."

둘이서 이야기하는 동안, 나는 아시하라 씨에게 뭐라고 답장을 보낼지 생각했다.

후시미가 보러 와줬으면 한다는 이야기는 이미 전달했다.

하지만 계속 만나지도 않았고 육아도 거의 하지 않았으니 그럴 자격이 없다고 하는 것 같다.

곤돌라 안에서 화제가 후시미의 연습 이야기로 넘어갔다가, 어느새 두 사람은 또 다른 이야기를 하고 있었다.

20년 뒤의 후시미 같던, 그 예쁜 사람이 떠올랐다.

성격도 비슷하지 않을까.

스케줄 때문에 힘들다면 마츠다 씨에게 전해도 됐다. 하지만 아무런 말도 하지 않았다.

어쩌면 망설이고 있는 것 아닐까.

이야기꽃을 피우는 두 사람 옆에서 나는 생각 끝에 답장을 보냈다.

『그 녀석에게는 아시하라 씨가 제일 동경하는 사람이고, 제일 좋은 모습을 보여주고 싶은 사람이에요.』

답장이 금방 왔다.

『나와 히나를 신경 써줘서 고마워. ……심한 말을 해서 미안해.』

나는 오지 않는 것에 대한 사과일 거라 생각했다.

④ 학교 축제의 시작

채팅방에서는 '놀이공원'이라는 제목으로 사진과 동영상을 정리하고 있었다. 그와 마찬가지로 '바다'라는 제목이 붙은 앨범도 있었다.

이게 있으면 내가 그날 찍은 동영상은 필요가 없을 것 같다고 생각했는데, 데구치만은 여전히 끈질기게 굴었다.

'이제 할 일도 없어졌으니까 슬슬 좀 부탁드립니다아, 감독니임~'이라며 간사한 목소리로 내 비위를 맞추려 드는 것이다.

사실대로 말하자면, 할 일이 완전히 없는 건 아니었다.

반에서 볼 메이킹 동영상을 편집하는 중인데, 와카와 의논해서 이걸 학교 축제가 끝나는 날 HR 때 틀 예정이었다.

NG집도 평가가 좋았으니 이런 영상도 기뻐해줄 것 같다. 그렇게 생각하니 편집 작업의 진도가 생각보다 잘 나갔다.

아시하라 씨와는 그 이후로 연락을 주고받지 않았다. 스케줄 때문에 가지 못한다는 이야기는 그냥 구실일 뿐일지도 모르고, 사실일지도 모른다.

"상황은 어때?"

"완벽해. 아마 울어버리는 사람도 있을 거야."

학교에 가면서 후시미에게 연극 쪽 상황에 대해 물어보니 기합이 바짝 들어가 있는 것 같았다.

아시하라 씨가 보러 오지 않는다는 걸 알고도 의욕이 떨어지지 않아서 안심이다.

"저, 학교 축제는 이번이 처음인데……, 손수 만드는 게 따스해서 좋네요."

교문에 들어선 다음, 음식을 파는 반이나 각종 클럽활동에서 준비하는 모습을 보며 히메지가 그렇게 말했다.

"아이, 이번이 처음이야?"

"네. 계속 일만 하느라 바빠서요."

연예 활동을 하다 보면 이런 이벤트에는 참가하지 못하는 경우가 많다고 한다.

학교로 들어가자 내부가 완전히 학교 축제 사양으로 바뀌어 있었다. 각 교실은 카페나 유령의 집이 되었다.

게시판 중에 눈에 띄는 곳에는 영화의 선전용 전단지가 붙어 있다. 키 비주얼용 사진에 나온 것은 후시미와 히메지. 상영 스케줄이 간단히 적혀 있고, 긴 책상 위에 놓여있는 전단지는 어제보다 숫자가 줄어든 것 같았다.

"봐! 어제보다 100장 정도는 줄어들었어!"

나와 동시에 그 사실을 눈치챈 후시미가 봐, 봐, 봐, 하며 흥분한 듯이 몇 번이나 반복해서 말했다.

"제 팬이려나요."

히메지는 그런 후시미에게 찬물을 끼었었다.

"아이, 아이돌 출신이라는 이야기가 그리 널리 퍼지진 않았잖아? 공표하지도 않았고."

"아는 분들은 아시니까요."

"아, 그래."

마음에 들지 않는다는 듯이 눈을 흘기는 후시미. 나도 전단지를 가져간 사람이 히메지의 팬은 아니었으면 좋겠다.

"서서 보는 사람까지 생기는 거 아냐?!"

"그럴지도 모르지."

"교실 의자를 좀 더 늘리는 게 나으려나."

상영 최종 테스트는 이미 마쳤다. 책상을 빈 교실로 옮기고 의자만 남겼기에 지금 우리 교실은 유사 영화관이다.

"어쩌지……."

긴장한 건지 후시미가 숨을 크게 내쉬었다.

"전단지를 가지고 갔다고 해서 반드시 올 거라는 보장은 없지."

"아니, 그게 아니라. 아이의 연기가 좀 위험하니까……, 이런저런 사람들이 놀리지 않을까?"

"그걸 걱정하는 거야?"

"기분 나쁜 디스 방법을 익혔군요, 히나."

히메지가 어이없다는 듯이 고개를 저었다.

"이래서 아마추어는……. 제가 나오기만 해도 박수갈채가 터질 테니 걱정할 필요는 아무것도 없어요."

"그렇게 맹목적인 건 팬들뿐이겠지."

후시미는 그렇게 말했지만, 솔직히 말해 히메지가 어떻다기보다는 후시미가 다른 사람들보다 훨씬 연기를 잘하기 때문에 후시미와 그 이외라는 느낌이다. 하지만 히메지도 요새 연기 실력이 늘었다. 또 외모가 화려한 만큼 약간 연기가 서투르다 해도 그렇게 큰 문제가 되지는 않을 것 같다.

스크린 앞에 의자를 40개 정도 늘어놓기만 해서 다른 반들보다 좀 수수해 보이는 교실로 들어갔다. 출입구에는 감상 박스를 마련해 두었다. 후시미가 귀엽다거나 히메지가 귀엽다는 감상으로 가득 찰 것 같다.

다들 안절부절못하고 있다. 어디에 누구와 함께 갈지 의논하고 있는 모양이었다.

"료 군, 유령의 집이 있어."

어느새 안내 책자를 들고 있는 후시미가 그렇게 말했다.

"있는데 왜. 후시미 너 엄청 무서워했잖아."

"그래도 즐거웠어. 료 군이 정말 믿음직했고."

후시미가 그때를 떠올린 건지 쑥스러운 듯이 웃었다. 히메지도 후시미와 똑같은 안내 책자를 든 채 중얼거리고 있었다.

"유령의 집이랑 크레이프, 미로, 카페……, 지역 문화 연구 자료도 있네요……."

관심사가 특이하네. 거긴 이 학교와 지역의 역사 같은 느낌의 자료를 발표한다. 작년에 구경해봤는데 다른 세계라는 느낌이었지. 너무 조용해서.

히메지가 들고 있던 안내 책자를 보여달라고 했다. 학교 축제는 금요일과 토요일, 이렇게 이틀이다. 연극부 공연은 이틀째 오후 3시부터.

"타카모리 군, 담당 시간이 끝나면 구경하러 가자."

먼저 와 있던 토리고에가 그렇게 말했다.

"아, 응."

"나도 같이———."

"그러면 히나는 저하고 같이 지역 문화 연구 자료를 보러 가죠."

"그러면은 뭐야, 그러면은."

"그리고 료는 저와 크레이프를 먹고, 유령의 집에 가고, 카페에 갈 거예요."

나와 아무런 의논도 없이 일정이 정해지기 시작했다.

"갈 거예요라니, 내 생각은."

그렇게 불평하자 다른 반 여자애가 와서 히메지에게 말을 걸었다.

"혹시 저번에 부탁했던 그건……?"

"공짜 티켓을 두 장 주신다면 좋아요."

"고마워! 그 정도는 아무것도 아니지! 그럼, 부탁할게!"

그 여자애는 밝은 표정으로 교실에서 나갔다.

무슨 이야기인지 이해하지 못한 건 나뿐만이 아니었는지, 후시미와 토리고에도 의아한 듯한 표정을 짓고 있었다.

"그 반에서 카페를 하는데요. 호객을 맡아달라고 부탁받았거든요."

옆 반이다. 안내 책자를 보니 '코스프레 카페'를 하는 모양이었다.

"'코스프레 카페.'"

후시미와 토리고에의 목소리가 겹쳤고, 후시미가 걱정스러운 듯이 물어보았다.

"아이, 뭐 입을 건데?"

"야한 거 아닐까……."

토리고에는 이상한 걱정을 하고 있었다.

"간호사복을 입는 모양이에요."

히메지가, 간호사?

'잘은 모르겠지만, 제가 놓는 거니까 괜찮겠죠'라면서 알 수 없는 자신감으로 대충 주사를 놓는 이미지다.

"간호사복이라니, 역시 야한 거잖아."

토리고에, 가치관이 좀 왜곡되지 않았어?

"시이, 간호사복은 전혀 야하지 않은데?"

후시미가 알 수 없는 참견을 했다. 확실하게 아니냐고 하면 그렇지도 않으니 곤란하다.

"옷은 딱히 신경 쓰지 않아요. 저는 뭘 입더라도 어울릴 테니까요."

""자신감 엄청나네.""

어이없는 걸 넘어 그 강한 자신감에 박수를 보내주고 싶다.

잠시 후 시간이 되자 전교 집회가 시작되었고, 학교 축제 실행위원장이 개회를 선언했다.

해산 후엔 곧바로 담당 구역으로 돌아가는 학생들과 놀러 가는 학생들로 나뉘었다.

나는 첫날 첫 번째 담당이었기 때문에 교실로 돌아가려 하고 있었다.

상영 스케줄은 한 시간에 한 번. 보는 사람들의 반응을 확인하고 싶었기에 내 담당 시간이 끝난 뒤에도 남아서 안을 몰래 살펴볼 생각이었다.

갑자기 누군가가 억지로 어깨동무를 했다. 누군가 싶었는데 데구치였다.

"타카양~, 같이 코스프레 카페 가자고."

"나중에 가자, 나중에."

"역시 좋으시군요~."

"거절할 이유가 없는 것뿐이라고."

관객들의 반응은 후시미도 신경 쓰일 테니까 같이 가자고 할 생각으로 둘러보니, 연극부원으로 보이는 남녀 몇 명과 함께 있었다.

저 녀석도 나름대로 바쁜 것 같네.

아시하라 씨에게는 연극부의 자세한 일정을 가르쳐주었다. 스케줄 때문에 힘들다고 했지만, 나는 그냥 핑계라 생각한다. 아마 마음만 먹으면 올 수 있을 것이다.

사람이 너무 많아서 질색하고 있던 토리고에를 발견하고 함께 교실로 돌아왔다. 토리고에의 이야기에 따르면 후시미는 연극부와 자잘한 것들을 정하는 회의가 있고, 히메지는 모르겠다고 했다.

교실 앞에 사람들이 몰려 있었다.

"타카모리 군, 저거."

"옆 반 코스프레 카페에 온 손님인가?"

인기가 대단하네.

"아니, 우리 영화를 보러 온 손님들이야."

"어?"

조급해진 마음을 억누르며 재빨리 교실로 들어가 보니 이미 빈자리가 없었고, 뒤쪽 사물함에 몸을 기대거나 바닥에 앉는 사람들까지 있을 정도로 꽤 많이 와 있었다.

"엄청 많이 왔네."

"다들 딱히 갈 곳이 없는 거야……?"

"쓸데없이 비꼴 필요는 없어."

이틀 동안 100명 정도만 오면 좋겠다고 생각했는데, 첫 회만으로도 절반에 가깝다.

"우와, 진짜 많이 왔네."

"그러게. 나까지 긴장되기 시작했어……."

우리 반 남자 몇 명도 상황이 신경 쓰여서 들여다보고는 다들 놀라고 있었다.

"대단해……."

토리고에가 조용히 말했다.

"대단해, 타카모리 군."

토리고에치고는 드물게 흥분한 듯이 들뜬 목소리였다.

"생각보다 많이 왔네."

9시가 되자 첫 번째 상영 준비가 시작됐다. 암막 커튼과 문을 닫고 어둡게 만들었다. 웅성대던 실내는 준비가 진행되어갈수록 잡담이 줄어들었다.

우리 반 친구들과 마츠다 씨에게도 보여주긴 했지만, 아무런 관련도 없는 제3자에게 보여주는 건 이번이 처음이다.

불안한 마음과 기대하는 마음 때문에 컴퓨터를 조작하는 손가락이 조금 떨렸다.

"괜찮을 거야, 분명."

살며시 손이 겹쳐졌다. 토리고에의 부드러운 손바닥과 차가운 손가락 끝이 나를 현실로 돌아오게 만들어 주었다.

몇 번이고, 몇 번이고, 몇 번이고, 몇 번이고 반복해서 보았던 소꿉친구의 영상이 흘러나오기 시작했다.

30분 정도 분량의 그 영화는 웃긴 부분도 없고, 눈물이 나오는 시나리오도 아니다. 물론 헐리우드 영화처럼 박력이 넘치는 영상미가 있는 것도 아니다.

관객들의 반응이 없는 건 당연한 거고, 그 사실을 알고 있는데도 아무런 말도 없이 조용히 보고 있는 그 시간이 길어질수록 불안한 마음이 커져갔다.

영상을 여러 번 반복해서 봤던 시간 중에서 오늘이 제일 길게 느껴졌다.

엔딩을 맞이하자 화면이 어두워졌다.

누군가가 박수를 치자 물에 생겨난 파문처럼 그것이 퍼져나갔고, 심장이 두근거릴 때마다 그 소리가 점점 더 커졌다.

"혹시 괜찮으시다면 감상을 적어주시면 기쁘겠습니다. 다 쓰시면 출입구 쪽에 상자가 있으니 거기에 넣어주세요."

나는 안내를 하면서 쳤던 커튼과 문을 다시 열었다.

감상 쓰기라니, 그런 귀찮은 짓은 어지간해선 하지 않으려 할 것이다.

그렇게 생각했기에 안내도 대충 했다. 하지만 그런 예상과는
달리 다들 미리 준비해둔 종이에 뭔가 적고 있었다.

"료 군, 료 군, 료 군!"

밖에 있었던 모양인 후시미가 안으로 들어와서는 기쁜 듯이 폴
짝폴짝 뛰고 있었다.

"대성공이구나."

"뭐, 감상에 뭐라고 적을지 아직 모르니까."

다른 사람들을 따라서 박수를 쳤을 뿐일 수도 있고.

"아니, 성공한 것 같아."

토리고에가 냉정하게 말했다.

"어째서?"

"작년에 교실에서 연극? 콩트? 같은 걸 한 반이 있었는데, 구
경하러 가봤더니 손님이 몇 명밖에 없었으니까."

그런 사례가 있다면 성공한 편일 것이다.

"후시미 파워인가……."

"그럴지도 모르지……."

나와 토리고에가 서로 마주 보며 쓴웃음을 지었다. 그러자 후
시미가 가로막았다.

"그렇지 않아! 료 군의 영향도 크니까."

"나? 내가?"

너무나도 뜻밖인 의견이었기에 두 번이나 되물어버렸다.

"영화상 수상 감독이잖아. 어떤 영화일지 궁금해할 거라고,
보통."

표창을 받았으니까. 전교 집회 때.

그 사실을 알고 있다면 신경 쓰이긴 하려나…….

"그리고, 시이."

"네, 네."

"평가에 눈에 띄게 영향을 주는 건 각본이잖아. 그게 좋았으니까 그렇게 다들 박수를 잔뜩 쳐준 거라고."

"토리고에도 대단하다는 거야?"

"그렇답니다!"

후시미는 뽐내듯 고개를 끄덕였다.

"우리 팀, 너무 최강이야."

후시미는 완전히 신이 난 모양인지 히메지 같은 소리를 하고 있다.

첫 회 손님들이 모두 나가자 두 번째 상영을 기다리고 있던 손님들을 들여보냈다. 상영 시간까지는 아직 시간이 있었기에 설치된 감상 박스에 들어있던 것을 셋이서 꺼내서 확인해 나갔다.

"첫 회는 벌써 끝났나요?"

교복에서 간호사복으로 갈아입은 히메지가 교실 안을 들여다보고 있었다.

히메지는 기장이 짧은 하얀 간호사복을 입고, 간호사모를 쓴 채 청진기를 목에 걸고 다리에는 니삭스를 신고 있었다.

"아이, 대체 무슨 꼴이야, 그게!"

하으으, 거리며 후시미가 다른 사람들이 보지 못하게 가로막으려 했지만, 정작 히메지는 동요하지 않았다.

Illustrations copyright © Fly

"어떤가요? 어울리나요?"

자신만만한 미소를 지으며 포즈를 취할 정도로는 여유가 있어 보였다.

"역시 야한 거였네."

토리고에는 그것 보라는 듯이 눈살을 찌푸리고 있었다.

"야한 코스프레를 한 히메지를 호객에 동원하다니, 고객 등쳐 먹는 바나 마찬가지잖아."

네가 그런 바에 대해서 뭘 아는데. ……나도 모르지만.

"야한 건 치사해. 게다가 히메지는 다른 반이잖아."

지나가던 여자애들이 다들 귀엽다~, 몸매 좋다~ 라고 칭찬하고 가자 히메지의 콧대가 점점 높아졌다.

히메지는 그렇게 칭찬해주는 걸 정말 좋아하는구나.

"타카모리 군도 저런 걸 좋아하는구나?"

"아니, 딱히."

"거짓말. 계속 히메지를 보고 있잖아."

보지 않……은 건 아니다. 낯선 차림새라서 조금 신경 쓰이긴 하지, 그야. 그러면서도 잘 어울리고.

토리고에는 어이가 없다는 듯이 한숨을 살짝 쉬고는 감상을 보기 편하게끔 정리했다.

"감상은 어때?"

"대충 호평이라는 느낌이려나."

그 감상을 받아든 나는 한 장씩 읽어나갔다.

'후시미 양 귀엽다'라고 후시미를 칭찬하는 감상이 절반 정도였다. '라이벌인 애, 너무 국어책을 읽는 것 같아서 웃긴다'라면서 히메지의 연기를 언급한 감상이 2할 정도. 나머지가 '재미있었다' 라는 한 마디 감상이다.

"히메지에 대해 언급한 감상은 안 보여주는 게 나을지도 모르겠네."

"그러게. 타카모리 군."

"료 군."

토리고에와 후시미가 동시에 말을 걸었다.

아, 하는 표정을 지은 두 사람이 서로 얼굴을 마주 보며 곤란하다는 듯이 웃고 있다.

"응? 왜?"

토리고에가 어흠, 헛기침을 하자 히메지가 후시미에게 말을 걸었다.

"조금 전에 학급 임원이, 히나가 이쪽을 도와줬으면 한다던데요."

"어? 지금? 거긴 코스프레 카페잖아?"

"자세한 내용까지는 잘 모르겠지만요."

히메지가 그렇게 말하며 후시미의 팔을 잡고 사람들이 잔뜩 있는 복도를 걸어갔다.

"후시미도 뭔가 입게 되려나."

이 학교 안으로만 따지면 제일 지명도가 높은 건 히메지가 아니라 후시미다.

"야한 게 아니라면 좋겠는데."

"말은 그렇게 해도 약간은 보고 싶지?"

토리고에가 의심하는 눈초리로 보았다.

"그렇게 바라볼 필요는 없잖아. 아, 좀 전에 뭔가 말하려 하지 않았어?"

"아, 응. ···········신경 쓰이는 가게 같은 곳 없어? 있으면 같이 가볼까 해서······."

토리고에가 작은 목소리로 그렇게 말했다.

신경 쓰이는 곳······. 안내 책자를 보니 딱히 눈에 띄는 곳은 없었다. 코스프레 카페처럼 완전히 튀는 곳은 예외로 치고.

"딱히 없는데."

"그럼 말이지, 내가 신경 쓰이는 곳에 같이 가줄 수 있어?"

토리고에는 눈에 띄는 곳이 있었던 모양이었다. 그게 어딘지 신경 쓰이기도 했기에 나는 곧바로 대답했다.

"응, 그러자."

"가, 가자."

토리고에는 그렇게 말한 다음, 후시미와 히메지가 간 곳과는 반대쪽 방향으로 복도를 걸어가기 시작했다.

"어디 가는데?"

"여기야."

그녀는 '야점(野点)'이라 적힌 곳을 손가락으로 가리켰다.

"야점?"

"'노다테'라고 읽는 거야. 차를 내주는 곳이지."

말차나 그런 건가?

노다테 항목에는 지역 유지들이 개최한 곳이라고 적혀 있었다.

"그런 걸 좋아하는구나?"

"느긋하고 평온한 시간을 좋아하거든."

"토리고에는 전통적인 분위기가 잘 맞긴 해. 기모노 같은 것도 잘 어울릴 것 같고."

"그, 그런가……? 타카모리 군은 내가 히메지처럼 코스프레를 하면 볼 거야?"

의외로 진지한 눈빛으로 물어보니 가볍게 그렇다고 대답하기가 힘들다.

히메지는 승인 욕구의 덩어리 같은 녀석이니 눈에 띄는 간호사복을 입어도 당당하게 행동한다. 하지만 토리고에는 그런 걸 입으면 매우 머뭇거릴 것 같다.

볼 기회가 별로 없는 광경이니 흥미가 생기긴 했다.

하지만 야한 걸 보고 싶은 거냐고 생각하게 만드는 건 마음에 들지 않았기에, 나는 애매하게 대답했다.

"글쎄."

"그, 그렇구나."

"옷에 따라 다르려나."

나는 그렇게 말하며 말꼬리를 흐렸다.

"그렇게까지 해볼 필요는 없을 것 같긴 한데……, 혹시 괜찮으면, 온 김에, 해보지 않을래?"

지나치던 교실 앞에는 '기모노 입기 체험'이라는 간판이 있었다.

좀 전부터 기모노를 입은 사람이 몇 명 보이던데, 보아하니 이곳에서 입은 모양이었다.

히메지가 이후 일정을 이것저것 정하긴 했지만, 정작 그녀는 지금 간호사가 되어서 호객을 하느라 바쁘다.

창밖으로 보인 히메지는 골판지로 만든 간판을 들고 있었고, 옆에 있는……, 여경 코스프레를 한 애가 전단지를 나누어주고 있었다.

"어라? 히이나네."

정말이네. 후시미다.

"역시 야한 거잖아."

후시미의 타이트 스커트 길이 때문에 토리고에 윤리 위원장님께서 인상을 쓰고 있다.

"내숭쟁이긴 해도, 이러쿵저러쿵 주목받는 것 자체는 좋아한단 말이지, 히이나도."

내숭쟁이라는 가시 돋친 단어는 못 들은 걸로 해야겠다.

"어머, 어서 오세요오."

우아한 아주머니가 우리를 보고는 안으로 들어오라고 했다.

"나는 됐어, 토리고에만 입어."

"모처럼 왔으니까 타카모리 군도 입어."

토리고에가 내 팔을 잡고 교실 안으로 끌고 갔다.

따지지 말라는 의지가 강하게 느껴졌다.

"어머, 어머, 커플이니? 좋겠다아~."

좀 전에 그 아주머니가 우리를 보자마자 우후후, 미소를 지었다.

"아, 아니, 에요……."

토리고에가 얼굴을 붉히며 목을 점점 움츠렸다.

안에는 할머니가 한 명 더 있었는데, 둘이서 이곳을 맡고 있는 것 같았다.

토리고에는 아주머니가 담당하고 할머니 쪽이 나를 맡아줄 모양이었다.

말없이 손을 움직이는 할머니가 이렇게 해라, 저렇게 해라 시켰기에 그대로 따랐다.

"착각해버려서 미안해."

"아뇨. 전혀."

파티션으로 나뉘어 있는 곳 건너편에서 아주머니와 토리고에의 목소리가 들렸다.

"커플이 아니라면……, 그 직전이니?"

"어, 어…………, 아뇨……, 잘 모르겠어요…….."

토리고에가 기어 들어가는 듯한 목소리로 힘없이 부정했다.

"힘내렴!"

"아……, 저기……, 네…….."

다 들린다는 건 알고 있는 건가?

"손."

"네."

"이걸 들고 있으렴."

"네."

나와 할머니의 이야기는 그게 끝이었다. 나는 네, 라는 말만 했다.

검은색 기모노를 입은 다음, 마지막으로 감색 하오리를 걸쳤다.

버선은 300엔에 샀지만 짚신은 빌려주는 것 같았다.

내가 먼저 끝나서 잠시 복도에서 기다리고 있자니 토리고에가 '감사합니다'라고 하면서 나왔다.

"……어때?"

차분한 군청색 기모노에 꽃무늬 띠가 잘 어울렸다. 머리카락도 뒤로 올려서 묶었다.

"역시 잘 어울리네."

"…………그런, 가?"

늘 인상을 찌푸리던 윤리 위원장님은 지금 쑥스러운 듯이 늘어진 표정을 짓고 있다.

"타카모리 군도, 멋있어."

깜짝 놀란 마음과 쑥스러운 마음이 동시에 생겨나서 '그래……'라는 말밖에 하지 못했다.

토리고에도 자기가 말해놓고 부끄러운지 눈을 이리저리 굴리고 있었다.

"사진, 안 찍어도 되겠어?"

아주머니가 내다보며 그렇게 말하자 토리고에가 고개를 위아래로 끄덕였다.

"부탁드릴게요."

토리고에가 휴대폰을 아주머니에게 건넨 다음, 우리는 복도에서 안뜰을 등진 채 나란히 섰다.

"좀 더 붙어~."

우리는 조금씩 서로 다가섰다.

Illustrations copyright © Fly

"좀 더, 좀 더~."

툭, 토리고에와 내 팔 근처가 부딪혔다.

""아.""

우리가 동시에 그런 목소리를 내자 휴대폰을 들고 있던 아주머니가 싱글거렸다. 그리고 뭔가 신호를 보내듯 깜빡깜빡 윙크를 했다.

그걸 눈치챈 토라고에가 고개를 도리도리 저었다.

깜빡깜빡, 부웅부웅, 깜빡깜빡, 부웅부웅, 깜빡깜빡, 부웅부웅, 깜빡깜빡…….

알 수 없는 신호가 끝나자 토리고에가 몸을 기대고는 팔짱을 꼈다.

"자, 잠깐만이면 되니까……."

부끄러워서 울 것 같은 토리고에는 귀 끝까지 빨개진 상태였다.

아주머니는 그제야 겨우 사진을 찍어주었다. 몇 장 정도 찍은 다음, 토리고에가 확인했다.

"나, 얼굴이 새빨갛잖아……, 부끄러워……. ───으앗."

그녀가 놀란 목소리를 냈기에 나도 신경이 쓰여서 사진을 들여다보았다.

매우 부끄러워하며 얼굴이 빨갛게 물든 토리고에가 내게 몸을 기댄 채 팔짱을 끼고 있었다. 나도 마찬가지로 표정이 굳은 채 억지로 웃으려고 필사적으로 애쓰는 느낌이었다.

……그리고 그 뒤쪽.

어느새 안뜰로 와 있던 여경 후시미가 사진 속에서 죽은 눈으로 이쪽을 빤히 바라보고 있었다.

어어어……, 무서워어어어…….

심령사진보다 훨씬 더 무서운 사진이었다.

"히이나에게 붙잡히면 무슨 짓을 당할지 모르니까."

위기감을 느낀 듯한 토리고에가 아주머니에게 사진을 찍어주셔서 감사하다는 인사를 하고는 노다테가 진행되고 있는 교정 쪽으로 서둘러 갔다.

다행히? 후시미에게 들키지 않고 붉은 우산이 펼쳐져 있는 교정 한구석을 발견해 우리와 마찬가지로 기모노를 입은 학생이나 기타 지역 주민들과 함께 차와 과자를 즐겼다.

딱히 신경을 많이 쓸 필요는 없는 캐주얼한 행사인 모양이라 예의 같은 걸 따지지 않아서 다행이었다.

작년에는 하지 않았던 노다테와 기모노 체험을 이번에 진행하게 된 것은 학생회에 다도를 배우고 있는 선배가 한 명 있기 때문이라는 이야기를 토리고에가 해주었다.

체험 시간이 끝나자 기모노 차림으로 교내를 돌아다니던 나와 토리고에는 원래대로 교복으로 갈아입었다.

"아까 찍어달라고 한 사진, 타카모리 군도 필요해?"

"모처럼 찍은 거니까 받아둘까."

휴대폰을 바라보는 토리고에는 싱글거리며 입가를 실룩이고 있었다.

내게 사진을 보내는 것뿐인데 왜 그렇게 싱글거릴 필요가 있는 거지?

겨우 받아서 사진을 다시 확인했다. 뒤쪽에 후시미가 없는 버전. 딱딱한 미소를 지은 나와 매우 부끄러워하는 토리고에의 기모노 차림이 찍혀 있었다.

사모님이 더 붙으라고 했기에 토리고에는 거의 밀착한 상태였다.

수학여행과는 다른 추억의 사진이라는 느낌이다.

"타카모리 군, 올해 후야제는 어떻게 할 거야?"

"일단은 참가해볼까 생각 중이야."

"작년엔 곧바로 집에 가는 걸 봐서 올해는 어떻게 하려나 싶었는데———."

"그게 말이지, 후시미가 같이 가자고 해서."

여름방학 그날에 했던 약속이기도 하다. 그때는 그게 어떤 의미인지 모르고 쉽사리 약속해버렸다.

물론 후시미의 성격상, 만약 내가 거절하고 싶다면 이유만 제대로 설명해도 어쩔 수 없다면서 이해해주겠지.

학교 축제가 다가왔을 땐 다들 후야제 댄스 파티 이야기를 꺼내곤 했다. 그만큼 학생들에게 있어서 관심이 많은 이벤트였다.

남녀가 2인 1조로 춤을 추는 행사에 참가하는 건 대부분 커플이고, 그렇지 않은 상대라면 연인이 되었다는 걸 나타낸다.

"그래."

그리 거리가 멀지 않은 학교 축제의 시끌벅적한 소리가 조용한 복도에 은근히 울렸다.

"여동생……, 쿠루미가 조금 있으면 어머니하고 함께 올 것 같으니까 교문까지 데리러 다녀올게."

휴대폰을 집어넣은 토리고에가 걸어가다가 멈춰 서서는 돌아보았다.

"타카모리 군."

각오를 다진 듯한 진지한 표정을 보고 나는 그녀가 말하기를 기다렸다.

"만약에 무리하고 있다면 그러지 않아도 돼."

무리하고 있다고? 내가?

그녀는 뭔가 말하려고 벌렸던 입을 망설이는 듯이 다물었다.

"토리고에. 무리하고 있다니, 그게 무슨━━━."

"아무것도 아니야. 잊어줘."

토리고에는 곤란한 듯 살짝 웃고는 고개를 저었다.

토리고에는 요즘 나를 분석하려 하고 있었다. 마나에게도 나에 대해 이것저것 물어보았고, 나 자신에게도 생각이나 정의 같은 것들을 이것저것 물어보았다.

납득할 만한 답을 얻는 데 성공한 걸까.

무리하고 있다는 건, 굳이 따질 필요도 없이 후시미 쪽 이야기일 것이다.

무리하고 있다는 자각은 전혀 없다. 가끔 머릿속에서 기어가 이상한 쪽으로 들어가 버리는 경우는 있지만.

무리하고 있다……. 무리하고 있다……?

『료, 히나가 놀러 와 있는데?』

예전에 어머니에게 그 말을 듣고, 기분이 매우 안 좋아졌던 적이 있다는 게 떠올랐다.

꽤 어렸던 그 무렵, 나는 무슨 일 때문인지 후시미가 싫었던 시기가 있었다. 후시미와 날마다 너무 많이 놀아서 질려버린 건지, 날마다 패턴이 똑같은 소꿉놀이를 질색하게 된 건지…….

아무튼, 내키지 않아 하던 나를 보고 의아하게 생각하던 어머니가 현관까지 후시미를 데리러 가서 평소처럼 집 안으로 들어오게 했다.

『료 군, 뭐 하고 놀 거야~?』

아마 그날도 소꿉놀이나 그런 걸 하자고 했을 것이다.

『왜 왔어?』

나는 그 질문을 몇 번이나 후시미에게 했다.

『히나는 료 군을 좋아하니까, 놀러 왔어.』

돌아온 것은 항상 그 말과 티 없는 미소.

좋아하지도 않는 주제에, 라고 생각했다. 그 말을 들을 때마다 그렇게 생각하며 점점 싸늘해졌던 게 기억난다. 소리 내어 말하지는 않았을 것이다. 답답하게 떠안은 채 나는 무리하며 후시미에게 맞춰서 놀았다.

'후시미'와 '무리하고 있다'는 말로 떠오른 기분 나쁜 기억이다.

그게 떠올라 문득 마음에 걸린 게 있다.

어렸을 때 후시미가 그런 녀석이었나?

나를 아무렇지도 않게 생각했을 텐데, '좋아하니까'라고 몇 번이나 말했다.

거짓말이라 생각했지만, 그런 거짓말을 할 녀석이 아니라는 건 내가 제일 잘 알고 있을 텐데———. 그럼에도 불구하고 당시의 나는 그 말을 거짓말이라 생각했다.

거짓말을 하고 있다고 마음속 한구석으로 정해버렸기에 사고 회로가 기어를 이상하게 넣어버린 건지도 모르겠다.

거짓말? 후시미가?

거리가 먼 그 두 단어가 좀처럼 이어지지 않는다.

삐익! 호루라기 소리가 조용하던 복도에 시끄럽게 울렸다.

놀라서 소리가 들린 쪽을 돌아보니 여경 차림인 후시미가 다시 호루라기를 불었다.

나와 눈이 마주치자 모델건을 겨누고는 포즈를 취했다.

"현행범으로 체포하겠어요☆"

찡긋, 하는 효과음이 나올 만큼 귀여운 포즈를 멍하니 바라봤다.

토리고에가 쓴소리를 했던 것처럼, 타이트 스커트의 기장이 짧아서 포즈만 취해도 타이츠를 입은 허벅지가 많이 드러나 있었다. 셔츠의 기장도 짧은지 배꼽이 슬쩍슬쩍 보였다.

"뭐, 뭐라고 말 좀 해! 부끄럽잖아!"

"아, 미안. 잠깐 생각 좀 하고 있었어."

"코스프레를 한 소꿉친구를 바라보면서 무슨 생각을 한 건데~?"

후시미는 불만이라는 듯이 입술을 삐죽댔다.

"설마 귀여워서 넋이 나가버린 거야?"

장난기 어린 미소를 보이는 후시미.

"잘 어울리네. 약간 야한 옷인데 꽤 신난 거 아냐?"

"억지로 입게 된 거니까 괜찮아."

후시미는 자신의 의지로 입은 게 아니라고 강조했다. 옆에 있던 소꿉친구 간호사가 섹시함으로는 임팩트가 더 강하니까 감각이 마비된 건지도 모르겠다.

"후야제 말인데."

내가 그 말을 꺼내자 후시미가 눈을 깜빡였다.

"응?"

"후시미는 정말로 괜찮겠어? 나는 약속했을 때 무슨 뜻인지 몰랐거든."

오디션에서 떨어지고 집에 가는 길. 전철을 기다리고 있었을 때 했던 약속.

"후시미도 그런가 싶어서."

"그럴 리가 없지."

그럴 리가 없다라.

"나는 마음속 한구석으로 후시미가 거짓말을 하고 있는 게 아닌가 생각했던 것 같아. 자각하진 못했지만."

"그게 무슨 소리야."

역시 짐작 가는 구석이 없는지, 후시미는 말도 안 된다는 듯이 눈살을 찌푸렸다.

"료 군한테 거짓말해서 뭐 하게. 계속 함께 지냈는데. 어렴풋하게나마, 난 료 군이 거짓말을 하는지 아닌지 정도는 알아."

정말 어렴풋하게지만. 후시미는 그렇게 덧붙여 말하고는 나를 빤히 올려다보았다.

"그러니까, 료 군도 알 수 있지 않을까? 내가 거짓말을 하는 건지 아닌지. 확실하게는 아니더라도."

그럴듯한 말이다. 만약에 후시미가 뭔가 거짓말을 한다면 대충, 확실하게는 아니더라도 어렴풋하게 눈치챘을지도 모르겠다.

"시이랑 기모노 입었던데."

"아, 응."

우리를 바라보고 있던 게 사진에 제대로 찍혔으니까.

"료 군, 후야제는 약속을 했다고 무리하게 나한테 맞춰주지 않아도 괜찮아. 알겠지?"

후시미는 자기가 꺼낸 약속이면서 불안해하는 것 같았다.

"아이도 있고, 시이도 있으니까……, 굳이 내가 아니더라도."

또 자기가 말해놓고 상처 입은 듯한 표정을 짓는다.

그 표정에 가슴이 아팠다.

"후시미, 나———."

뭔가 말해야만 한다는 생각으로 목소리를 낸 순간, 히메지가 '이제야 찾았네요!'라면서 복도 맞은편에서 이쪽으로 다가왔다.

아직 간호사복 차림에, 목에 건 옆반 선전용 간판에는 지금 우리 반 영화의 선전 전단지가 붙어 있었다.

"어디에 갔나 싶었더니 이런 곳에서……."

"나, 조금 이따가 연극부 회의가 있으니까 빠질게."

"알겠어요. 그건 그쪽도 알고 있는 것 같아요. 애초에 히나가 타이밍을 봐서 빠질 수 있게끔 염두에 두고 있었던 것 같으니까요."

그럼, 하며 후시미가 떠나갔다.

"후시미, 열심히 해."

어쩌면 아시하라 씨가 올지도 모른다. 가능성을 따지자면 꽤 낮긴 하지만.

후시미는 미소를 지으며 손을 흔들고는 모퉁이를 돌아갔다.

정오가 거의 다 되기도 했기에 히메지와 노점에서 뭔가 사 먹기로 했다.

야키소바, 오코노미야키, 오므라이스, 카레……, 먹을 게 다양한 와중에 뭘 먹고 싶냐고 물어보니 그녀가 곧바로 대답했다.

"물론 전부죠."

"그렇게 많이 먹을 수 있어?"

"무슨 소릴 하는 거죠? 료하고 반씩 먹을 건데요?"

"모처럼 기회가 생겼으니 전부 먹자는 계획에 나를 끌어들이지 말라고."

"신경 쓰이잖아요. 저렴한 맛도 분위기만 좋으면 신경 쓰이지 않을 테고요."

"저렴하다고 하지 마."

어디에 넣어두었던 건지, 품속에서 지갑을 꺼낸 히메지.

복장이 파렴치하지만 않았다면 점심을 사 먹으러 나온 간호사 같았을 것이다.

"돈은 제가 낼 테니 료가 사다주세요."

"아니, 됐어. 반씩 나눠먹을 거지? 절반은 낼게."

"그런가요?"

그녀는 그렇게 말하며 웃은 다음, 마치 연기처럼 고개를 저었다.

"이럴 때 전부 내겠다고 말하지 않는 게 료의 무능력한 부분이네요."

"미안하게 됐네."

히메지가 내민 천 엔 지폐를 받아들자, 그녀가 '농담이에요. 그런 건 신경 안 써요'라고 말했다.

이 녀석도 내 소꿉친구구나. 내 조종 방법이라고 해야 하나, 다루는 법을 잘 알고 있는 것 같다.

노점이라 하더라도 반이나 클럽활동에서 하는 경우가 많기에 가격은 학교 식당보다 저렴해서 대충 사는데 천 엔도 들지 않았다.

히메지를 찾다 보니 교정 쪽에 마련된 자유 공간에 앉아 있었다.

대학생으로 보이는 남자 두 명이 뭔가 말을 걸고 있는 와중이었다.

허, 헌팅인가……?!

저런 애가 저런 차림으로 혼자 앉아 있으면 누군가가 꼬시기를 기대하는 거라고 생각하는 녀석도 있을 것이다.

하지만 다가가 보니 뭔가 이상했다.

그 두 사람이 히메지에게 고개를 꾸벅꾸벅 숙이고 있다.

"저기~, 제 일행인데요. 무슨?"

일이시죠? 그렇게 물어보려 하자 그 사람들이 나를 노려보았다.

"일행? 어? 뭐야. 무슨 관계인데?"

처음부터 시비조였기에 한순간 놀랐다.

"음, 소꿉친구이자 같은 반 친구인데요."

내가 그렇게 말하자 시선이 한층 더 강해졌다.

"소꿉친구이자?"

"같은 반 친구, 라고오……?!"

부들부들 떨고 있는 두 사람에게 히메지가 말했다.

"점심을 사다 달라고 했어요. 지금부터 식사를 할 거니까 용건이 없으시면 이제 가주세요."

풀 죽은 두 사람이 터덜터덜 떠나갔다.

'사람 착각하신 거거든요~?', 라고 히메지가 그 두 사람의 등에 대고 말했다.

"팬이야?"

"네. 사람을 잘못 본 거죠."

"제대로 봤잖아."

"이제 벗모메의 아이카라는 아이돌은 없으니까요."

사 온 것들을 하나씩 테이블 위에 놓았다.

"꽤 말을 잘 듣네. 팬이라면 좀 더 뜨거운 사람들일 줄 알았는데."

"저는 팬들을 교육시키는 것도 아이돌의 업무라고 생각해요. 다른 멤버들이나 팬들에게 폐를 끼치는 팬이 저를 따라다닌다고 생각하게 만들고 싶지는 않았으니까, 그런 부분은 항상 확실하게 말했었죠."

그래서 아이카의 팬들에게 아이카가 한 말, 특히 주의사항은 절대적이라고 한다.

아……, 시노하라가 히메지를 신으로 모시는 것도 그런 교육의 성과라는 건가? 훈련된 팬이라는 느낌이니까, 시노하라는.

나는 그 이야기를 들으며 감탄하고 있었다.

"완전 프로 아이돌이네."

"놀리지 말아주세요."

"아니, 정말로. 멋지다 싶거든."

히메지는 싫지만은 않은 듯한 표정을 짓고는 코웃음을 치며 젓가락을 쪼갰다.

"잘 먹겠습니다."

먼저 먹기 시작한 히메지를 따라 나도 젓가락을 움직였다.

"그러고 보니까 요즘 토리고에랑 사이좋지 않아?"

"그런가요? 딱히 달라진 건 없는데요."

이야기가 끊어지고 식사에 집중하다가 시간이 조금 지난 뒤.

나는 히메지에게는 말해도 괜찮을 거라 생각하고는 아시하라 씨 이야기를 해주었다.

"히나네 어머니가요? 그 아시하라 사토미가? 이 학교에요?"

말도 안 된다는 듯이 어두운 표정을 짓고 있다.

"스케줄 때문에 힘들 거라고는 하던데, 나는 그냥 핑계 같거든."

"……그럴지도 모르겠지만요."

"오랫동안 만나지 않았으니까 겁을 먹은 거 아닐까."

내가 내 생각을 말했지만, 히메지는 계속 뭔가 마음에 걸린다는 듯이 시원찮은 표정을 짓고 있었다.

"왜 그래?"

"아뇨……, 저번에 마츠다 씨께서 슬쩍 말씀하셨는데, 아시하라 씨는 영화 촬영 때문에 홋카이도에 가셨다던데요."

"홋카이도?"

"네. 홋카이도요."

"홋카이도……."

"핑계 같은 게 아니라 그냥 못 오는 거 아닌가요?"

"그냥 못 오겠네."

나는 히메지가 한 말을 반복하기만 했다.

그렇구나. 모처럼 좋은 기회였는데…….

"어째서 료가 그렇게까지 실망하는 거죠?"

"아니……, 후시미가 동경하는 사람이기도 하고, 연기를 해보자는 계기가 된 사람이니까. 후시미가 연기를 보여주고 싶어 하니까…….."

"이번이 마지막 기회인 것도 아니고, 연예 쪽 세계에 들어가면 얼마든지 보여줄 수 있을 거예요. 히나가 포기하지 않는 이상."

"선배 행세네~."

"그야 행세할 만도 하죠. 선배니까요."

표정으로 으스대는 히메지.

히메지는 내가 사 온 점심 식사를 골고루 먹어나갔다. 전부 한 입만 먹었기에 나머지는 다 내가 먹게 되었다.

"사진 찍어도 되나요?"

1학년 남자애들 몇 명이 히메지에게 그렇게 말하며 휴대폰을 들어 올렸다.

히메지가 무슨 생각인지 내 맞은편에 있다가 내 옆으로 다가왔다.

"이렇게 찍어도 된다면 괜찮아요."

딱 달라붙어서 팔짱을 꼈다. 옷이 달라붙은 스타일이라 그런지 원래 좋은 몸매가 더 드러나 보였다. 나는 무심코 가슴 쪽으로 쏠리려 한 시선을 겨우 돌렸다.

아뇨, 됐어요, 라며 1학년 남자애들은 미묘한 표정을 짓고 어디론가 가버렸다.

"벗모메의 아이카라는 건 이미 들킨 거 아니야?"

"그럴지도 모르겠네요. 아니면 그냥 저를 좋아하는 걸지도요."

어이가 없다는 듯이 한숨을 쉬는 히메지.

"사진을 찍어서 어디다 쓰려던 건지."

쓴다니 하지 말라고.

자기 젓가락 쪽으로 손을 뻗어 오코노미야키를 한입 크기로 떼어낸 히메지.

"이러고 있으면 쓸데없이 환상을 품게 되지도 않겠죠."

더욱 밀착한 히메지가 떼어낸 오코노미야키를 내 입 쪽으로 가져다 댔다.

"다음은 이걸 드세요."

"이상한 눈으로 본다고. ———지금! 이상한 눈으로! 다들 엄청 보고 있다고!"

좀 전보다 두 배 이상의 시선이 느껴진다.

"저는 주목받는 걸 좋아하거든요."

골치 아픈 녀석!

"환자분은 간호사가 하는 말을 들어야 하는데요?"

장난기 어린 미소를 지은 히메지는 내가 꽉 다물고 있던 입에 오코노미야키를 들이대며 키스시켰다.

"알았어, 알았다고."

입술에 묻은 소스를 핥은 다음, 입을 살짝 열었다. 히메지는 그걸 억지로 더 벌리며 오코노미야키를 반쯤 밀어붙였다.

"맛있죠?"

방긋 웃은 히메지는 다른 감상을 용납하지 않을 듯한 박력을 내뿜고 있었다.

"뭐, 응…….."

부끄럽기도 하고, 다른 사람들이 이상하게 생각할 거라는 마음 때문에 맛 같은 건 1밀리도 느껴지지 않는다.

"그럼, 교대하죠."

아, 하고 입을 입을 벌린 히메지.

"……."

내가 인상을 찌푸리고 있자니 그녀가 '얼른요'라며 매끈한 입술을 뻐끔뻐끔 움직였다.

"환자에게 먹여달라고 하는 간호사라니 이상하지 않아?"

좀 전의 설정을 감안하면 분명히 이상한데.

"환자라니, 그게 무슨 소린가요?"

나는 설정을 받아줬는데, 이 녀석……!

내가 이상한 말을 한 것 같은 표정 짓지 말라고.

내 예상대로 주위에서 속삭이는 목소리가 들렸다.

"용케도 저런 걸 하네."

"사귀는 거겠지."

"후야제에 참가하는 녀석들인 것 같은데."

"왜 내게는 여자친구가 없는 걸까…….."

"저런 거 자랑하고 다니는 사람들은 금방 헤어지더라고."

한 소리 들을 만하다. 당연히도.

어쩔 수 없다고는 해도 히메지에게 먹여주고 있는 거니까.

속삭이는 목소리가 들려서 껄끄러운 와중에도 히메지는 당당했다.

"히메지마 선배, 예쁘다~."

지나가던 여자 후배들 세 명이 꺄꺄대며 그렇게 말하자 히메지가 여신 같은 미소를 지으며 손을 흔들어주었다.

다른 사람들에게 주목받는 것에 지나치게 익숙해진 히메지는 자기 말대로 주목받는 걸 좋아하는 모양이다. 나와는 정반대다.

딱히 싫다는 건 아니다. 오랫동안 알고 지내기도 했기에 그런 모습을 좋은 의미로 받아들이게 되었다. 예전에는 이렇지 않았는데, 이렇게 보면 연예 활동도 성격에 맞는지도 모르겠다.

히메지가 남긴 점심밥을 조용히 먹고 있자니 그녀가 여자 후배들과 함께 사진을 찍고 있었다.

여자애들 한정으로, 아이돌로서가 아니라 선배로서라면 사진도 찍게 해주는 모양이었다.

"엄청 기뻐요! 히메지마 선배, 예쁘셔서 동경했거든요."

"나야말로 고마워."

아, 방금 그건 비즈니스 스마일이네.

여자 후배들이 떠나갈 무렵, 나도 점심밥을 다 먹고 정리를 마친 참이었다.

"미로로 가죠. 골판지 정도로 얼마나 저를 즐겁게 해줄지 한번 보자고요."

"왜 그렇게 거만한데……."

같이 가지 않는다는 선택지가 없었기에 의기양양하게 걸어가는 히메지를 따라갔다.

"호객은 이제 안 해도 돼?"

"네. 점심시간까지만 하기로 했으니까요."

……그러면 옷은 왜 안 갈아입는 건데?

주목을 받는 게 기분 좋아서는 아니겠지?

미로로 바뀐 1학년 A반 교실 앞으로 가자 안내를 맡은 학생이 간단한 주의사항에 대해 설명해 주었다.

"어두우니까 발치를 조심해 주세요."

그렇게 말하며 우리를 보내주었다.

골판지 특유의 메마른 냄새가 났다. 길을 헤매게 만들기 위한 연출인지, 설명을 들은 대로 어두웠다.

먼저 안에 들어간 사람들이 이야기를 나누는 목소리가 가끔 들렸다.

"수제 미로구나."

히메지가 또 골판지가 어떻다느니 저렴하다며 디스하기 전에 미리 말하자, 그녀가 쿡쿡 웃었다.

"표현이 그럴싸하네요."

양쪽 갈림길로 접어들자 우리는 동시에 방향을 가리켰다. 나는 왼쪽, 히메지는 오른쪽.

"그럼 여기서 갈라질까."

"어째서 그렇게 되는데요."

찰싹찰싹, 히메지가 나를 때리며 따졌다.

"농담이라고."

의견이 맞지 않으면 맞지 않는대로 즐겁게 여길 수 있는 게 히메지의 장점 같기도 하다. 내가 싫어하는 기색을 보이지 않으니 히메지도 자신의 의견을 팍팍 내놓는 건지도 모르겠다.

히메지의 의견에 따라 오른쪽으로 돌았다. 금방 막다른 길이 나왔다.

"막다른 길이네."

나는 뒤에서 따라오던 히메지에게 그렇게 말한 다음, 돌아섰다. 그러자 히메지와 마주 보게 되었다. 돌아설 줄 알았던 히메지는 그대로 내게 다가와 살며시 몸을 기댔다.

"히메지?"

"저와 함께 있으면 즐겁지가 않나요?"

"그렇진 않은데."

진심이었다.

"저라도 상관없잖아요. 후야제."

예전에 히메지는 나 같은 녀석에게 후야제에 가자고 말해주었다. 히메지가 그런 제안을 잔뜩 받았을 것은 상상하기 힘들지 않다.

"료가 히나를 고집하는 이유는 대체 뭐죠?"

"히메지……, 여긴 미로니까……."

다른 손님도 올 것이다. 둘러댈 생각이 아니라 바깥에서 이야기하자고 그렇게 말했지만, 그녀는 고개를 도리도리 저었다. 머리카락이 살랑살랑 흔들리자 골판지와는 다른 깔끔한 향기가 코끝에 풍겼다.

"나가면 아마 이야기 못 하게 되어버릴 거예요."

이렇게 어두운 곳이 히메지에게는 딱 좋았던 건지도 모르겠다.

"저번에 같이 가자고 말해줬을 때는 선약이 있다고 거절했지만……, 히메지에게 있어서 후시미가 특별한 것처럼, 내게도 특별한 거야."

이야기를 하면서 생각했다.

떠오른 단어를 잇고, 잇고, 또 이어서 목소리를 냈다. 머릿속에서 흘러내린 말이 그대로 입을 통해 나오는 것 같았다.

"후시미하고는 예전부터 이런저런 약속을 했거든."

"그건 저를 따라 한 거예요."

의외로 앙심을 품고 있었던 모양이다.

"결과적으로는 그렇지만."

"료는 이러쿵저러쿵해도 자상하니까, 히나가 오디션에 계속 떨어지는 게 가엾어서."

"아니야."

곧바로 말해서인지 생각보다 말투가 세게 나와버렸다.

"……죄송해요. 그래도 료가 걸린 주박 같은 트라우마는."

"예전에도 그런 말을 했었지. 마츠다 씨가 예약해준 가게에서 말이야. 주박이라는 게 뭔데?"

그때는 잘 이해가 되지 않아서 그냥 넘겼지만, 오늘은 그럴 수 없다.

"사랑이나 다른 사람을 좋아하는 것에 대한 불신감이라고 해야 할까요."

다른 사람을 좋아하는 것에 대한 불신감?

머릿속에서 주파수가 맞지 않아 치직거리던 소리가 서서히 작아져 가는 게 느껴졌다.

"……저는 히나네 어머니, 아시하라 사토미에 대해 어렸을 때부터 별다른 느낌이 없었어요. 하지만 비슷한 관계였던 료는 무섭다는 이미지를 품고 있었죠."

"아마 내가 무슨 잘못을 해서 혼난 거겠지."

설마 그렇지 않은 건가?

어머니 말고 다른 어른에게 혼나니 무서워했을 거라 생각했지만, 딱히 뚜렷하게 기억나는 것도 아니다.

"다시 말하지만요. 당시에 료는 저를 좋아했다고요."

이런 데서 할 이야기가 아니잖아……. 간호사복부터 갈아입으라고.

"응. 그랬던 것 같아."

"저를 좋아하기 전에는 히나를 좋아했죠. 료가 저로 갈아탄 이유, 계기가 기억나나요?"

"갈아탔다니……."

아니, 실제로 그랬을 것이다. 어렴풋하게만 기억나지만, 이야기를 듣고 보니 그랬다. 그리고 토리고에게 이야기를 듣고 생각난 게 있다.

"한때, 후시미를 싫어했던 시기가 있었어. 아마 그것 때문일지도 몰라. 유치원이나 그때쯤."

"히나를 싫어하게 된 계기와 료가 걸린 저주는 관련이 있을 것 같아요."

후시미를 싫어하게 된 계기하고 저주가?

"이런 곳에서 이런 차림새로 할 이야기는 아니네요."

그녀는 어두운 와중에도 어이없다는 표정을 짓고 있었다.

"아니, 네가 시작했잖아."

쿡쿡 웃은 히메지가 내 손을 잡고 걸어가기 시작했다.

"좀 전에 그 갈림길에서 왼쪽으로 돌아가 볼까요."

그 뒤에도 갈림길이 나오면 나와 히메지는 서로 다른 방향을 손가락으로 가리켰다. 그럴 때마다 히메지를 따라갔는데, 전부 꽝이었다. 막다른 길이거나 지나온 길로 돌아오거나. 전부 꽝을 뽑은 탓에 미로에서 10분 넘게 헤매게 되어버렸다.

"……골판지 벽이라 별것 아닐 줄 알았는데, 즐거웠네요. 학교 축제도 얕볼 수 없겠어요."

"선택을 전부 틀렸기 때문이지."

나는 웃으며 히메지에게 쓴소리를 했다.

"후야제, 생각해 두세요."

"히메지. 그러니까, 나는……."

"생각해, 두세요? 미로와 마찬가지예요. 길을 잘못 골라서 멀리 돌아가게 되더라도 저는 용서해드릴 테니까요."

대답은 단 한 번뿐이 아니니, 한 번 더 생각하라는 말을 하고 싶은 모양이었다.

히메지는 자신이 유일한 정답이라고 하는 건가.

"나도 히메지처럼 될 수 있다면 좋았을 텐데 말이야."

"무슨 옷을 입어도 잘 어울리고 몸매도 좋은 초미소녀가 되고 싶다는 건가요?"

"자기 평가가 정말 좋구나."

? 하며 머리 위에 물음표를 띄운 히메지.

그제야 옷을 갈아입을 생각을 한 히메지와 함께 코스프레 카페로 돌아갔다. 장사가 잘되는 모양인 데다 접객하는 애들도 뭔가 코스프레를 하고 있어서, 인기 있는 남자애들은 자신을 보고 온 여자애들과 사진을 찍기도 했다.

교복 차림인 히메지가 나오자 학급 임원 여자애가 고개를 연달아 숙여댔다.

"히메지마 양, 고마워."

"아뇨, 별것 아닌데요."

"이거, 아르바이트비야."

요구했던 공짜 티켓 두 장을 히메지가 받아들었다.

"감사히 쓰도록 할게요."

양쪽 다 잘된 것 아닐까. 히메지는 모두에게 주목을 받을 수 있었고, 옆반에서는 손님을 끌어모을 수 있었다.

우리 반은 어떨까. 그렇게 생각하고 있자니 상영이 마침 끝난 타이밍이었는지 학생들이 우르르 나왔다.

"타카모리 군, 히메지."

토리고에가 어린 여자애, 쿠루미와 손을 잡고 있었다. 뒤에는 어머니도 있었다.

"영화 봤어요. 재미있던데요."

어머니의 감상을 듣고 나는 고개를 살짝 숙였다.

"감사합니다. 그거 시즈카 양이 주로 생각한 이야기거든요."

"그게 있죠. 집에서도 계속 방에서 몰래 뭔가 하길래."

"아~, 그런 이야기는 안 해도 돼."

토리고에가 어머니의 몸을 돌려서 여동생인 쿠루미와 함께 멀리 떨어뜨린 다음, '나중에 봐'라며 반쯤 억지로 쫓아냈다.

"히메지, 아르바이트는 끝났구나?"

"네. 공짜 잔업을 좀 해버렸지만요."

거짓말. 네가 하고 싶어서 한 거잖아. 중간부터 영화 선전용 전단지를 붙이고 다니기도 했고.

손님들 중에 후시미도 있었는지 이쪽으로 고개를 내밀었다. 여경 차림에서 항상 보던 교복 차림으로 돌아와 있었다.

"회의가 일찍 끝났는데 달리 갈 곳이 없어서……, 하하. 감상도 신경 쓰이고."

그래서 자기 담당 시간도 아닌데 벌써 세 번 정도는 본 모양이었다.

그러고 보니 데구치가 코스프레 카페에 가고 싶다고 했는데, 이제 괜찮으려나.

연락해보니 '최강의 코스프레를 봤으니까 이제 됐어'라고 했다.

히메지의 간호사 차림과 후시미의 여경 차림이 데구치의 마음 속에서는 최고 기록이었는지, 이제 카페에는 볼일이 없는 모양이었다.

"감상은 어떤 느낌이야? 아니, 손님은 많이 왔어?"

"의자를 늘렸는데, 그래도 매번 서서 보는 사람이 생겨. 꽤 많이 오거든. 세어보니 벌써 200명 정도는 보러 와준 것 같아."

"대단하네."

"대단하다."

"제가 출연했는데도요? 너무 적은 것 같은데요."

한 사람만 **빼고**, 나와 토리고에는 놀랐다.

"아이랑 료 군, 데이트하고 왔지? 보이던데."

뿌우~, 하고 후시미가 불만이라는 듯이 눈을 흘기며 다그쳤다.

"뭐, 저니까 눈에 띄어버릴 수밖에 없겠죠……."

"아직 안 먹은 거 있어? 다 같이 가지 않을래?"

후시미의 제안에는 토리고에와 히메지도 찬성했고, 당연하다는 듯이 내 의견이 나오기도 전에 아직 가보지 않은 노점에 가기로 결정되었다.

크레이프와 솜사탕, 제철이 아닌 빙수와 붕어빵까지. 차례대로 돌면서 산 음식들을 자유 공간에 펼쳐놓았다.

솜사탕을 한입 먹어보니 달콤한 구름을 먹은 것 같은 느낌이었다.

"히이나, 연극 쪽은 어때? 내일 공연하잖아."

"응. 리허설도 해봤는데, 완벽해."

후시미는 브이, 브이, 하며 V자 사인을 보였다.

"무대 위에는 마물이 숨어 있어요. 너무 방심하지 않는 게 좋을 거예요."

크레이프를 먹은 히메지.

"후후. 아이, 폼 잡는 건 좋긴 한데, 크림이 묻었거든?"

"으······."

"히메지는 역시 허당이구나."

토리고에가 화장지로 입가를 닦아주었다.

"누가 허당인데요. 조언이에요. 조언. 무대라는 것을 몇 번이나 경험한 제가 해주는 감사한 조언이죠."

"응. 고마워. 조심할게."

"아. 말하는 걸 깜빡했는데, 시즈카 양, 읽었어요."

"정말로?"

"나도 읽었어."

나는 세 사람이 사이좋게 이야기하는 목소리를 왠지 멀게 느끼며 미로 안에서 히메지가 했던 말을 떠올리고 있었다.

내가 후시미를 싫어하게 된 계기와 내 저주, 트라우마라는 게 관련이 있다는 건가.

토리고에가 무리하고 있는 거 아니냐고 물어봤었지.

그것도 그 일과 관련이 있는 건가?

공연 시작

학교 축제 이틀째 아침.

아침에 일어나서 아시하라 씨에게 연락이 왔는지 확인하는 게 일과가 되어버렸다.

오늘 아침에도 아시하라 씨에게 연락이 오지는 않았기에 일어나자마자 한숨이 나왔다.

홋카이도에서 촬영하고 있는 것 같으니 역시 힘들 것 같다.

나는 멋대로 스케줄이 핑계에 불과할 거라 생각했는데, 사실이었던 모양이다.

식탁에서 느긋하게 화장을 하고 있던 마나에게 그녀가 차려준 아침밥을 먹으며 물었다.

"오늘 학교 축제 올 거야?"

"친구하고 갈 거야~."

뷰러로 속눈썹을 올리고 있던 마나가 시계를 힐끔 보고는 '그러다 늦는다~?'라고 걱정해주었다.

"후시미가 출연하는 연극은 오후 3시부터다? 혹시 몰라서 말하는 거야."

"응. 나는 제대로 된 연극은 본 적 없단 말이지~. 그래서 엄청 기대돼."

"후시미에게 전해줄게."

"잘 부탁해~. 아, 그래도 너무 부담이 되진 않을까?"

"마나가 온 정도로는 부담되진 않을 거야."

아시하라 씨가 온다면 어느 정도 긴장할지도 모르겠지만.

"기뻐할 거야, 분명."

초인종이 울리자 나는 서둘러 현관문을 열었다. 후시미와 히메지, 그 뒤에는 마츠다 씨도 있었다.

"좋은 아침이야, 료 군."

"좋은 아침이에요."

"좋은 아침☆"

벅벅, 눈을 비비고 봤는데도 역시 멋지게 생겼지만 여자처럼 행세하는 사람이 있었다.

"저기, 마츠다 씨. 뭐 하고 계신가요?"

"뭐냐니, 나도 학교 축제를 견학하고 싶으니까 같이 가려고."

마츠다 씨가 뒤쪽을 손가락으로 가리키길래 보니 애마인 고급 세단이 서 있었다.

"태워다 주시려고요?"

"그래. 큥, 30초 안에 준비하렴."

"아뇨, 준비는 이미 끝났는데요."

운동화를 대충 신고 현관 바닥에 발끝을 툭툭 두드렸다.

"그 말을 해보고 싶었던 거죠?"

"맞아!"

"당당하시네……."

나와 마츠다 씨의 대화를 들은 후시미와 히메지가 쿡쿡 웃었다.

"료 군은 아르바이트 때도 이런 느낌인가요?"

소꿉친구 두 명이 뒷자리에 앉은 내 양쪽에 앉았다. 곧바로 후시미가 마츠다 씨에게 물어보았다.

"더 팍팍 들이대지."

"팍팍 들이댄다고요……? 료 군이……?"

후시미는 마치 내가 외계인이었다는 사실을 눈치챈 것처럼 충격적인 표정으로 이쪽을 올려다보았다.

"저기, 마츠다 씨, 말을 지어내서 후시미를 놀리지 말아주세요."

"히나, 그냥 농담이에요. 료가 그럴 리가 없잖아요."

"다행이네. 아르바이트 때는 거만하게 구는 줄 알았어."

"그럴 리가 없잖아."

내가 한숨을 내쉬며 말하자 마츠다 씨가 깔깔대며 웃었다.

"아시하라 씨한테 연락은 왔나요?"

마츠다 씨의 뒷모습을 향해 말을 걸자 그가 어깨를 으쓱였다.

"전혀. 그 애는 촬영 중엔 역할에 파고들어서 인물을 만들어내는 타입이니까, 이런 약속 같은 연락은 거의 답장을 안 보내거든."

아시하라 씨의 이름이 언급되자 후시미의 몸이 굳었다. 불안하긴 해도 보러 와주기를 기대하고 있던 모양이다.

잡담을 하다 보니 학교에 금방 도착했다.

우리가 내리자 마츠다 씨가 운전석에서 말했다.

"점심쯤에 다시 돌아올게."

히메지가 고개를 갸웃거렸다.

"혼자서 돌아보시려고요?"

"무슨 말을 하는 거야. 아이카가 안내해줘야지이?"

"싫어요. 왜 제가 아저씨를 데리고 학교 축제를 안내해줘야 하는 건데요."

"어차피 쿙하고는 어제 잘 지냈을 거 아냐? 그럼 상관없을 텐데."

"윽———?!"

솜털이 곤두서는 느낌이었다. 히메지가 얼굴을 붉혔다.

점심 식사를 할 때나 어두운 미로에서 있었던 일들이 내 머릿속을 스쳐 갔다.

"잘 지내?"

후시미만은 의아하다는 듯이 눈을 깜빡이고 있었다.

"어머나. 알아보기 쉬운 애네. 그냥 떠본 것뿐인데."

"정마아아아알! 됐으니까 얼른 일이나 하러 가세요———!"

그럼 갈게, 하며 마츠다 씨가 손을 살랑살랑 흔들고는 차를 타고 떠났다.

"진짜. 정말……."

히메지는 분노와 불만이 뒤섞인 한숨을 내쉬었다.

마츠다 씨도 오랫동안 알고 지내서 그런지 히메지를 도발하는 솜씨가 좋네.

"어제 합류하기 전까지는 뭐 했어?"

후시미는 단순한 호기심으로 물어본 것 같았다.

"아, 딱히 별것 아니야. 히메지가 자기 간호사복을 자랑하고 다녔거든. 어제 간식을 먹었던 그 자유 공간에서. 그래서 대학생으로 보이는 팬에게 정체를 들킬 뻔하기도 했고."

그럴 만도 하겠네, 라며 후시미는 납득하는 표정을 지었다.

"……료에게 후야제 상대가 되어달라고 말했어요."

"어?"

후시미 혼자만 시간이 멈춘 것처럼 표정과 몸이 딱 굳었다.

"그냥, 그것뿐이에요."

손으로 달아오른 볼을 식히려는 듯이 가져다 댄 히메지는 후시미의 표정을 더 이상 보지 않고 건물 입구 쪽으로 걸어갔다.

"그렇, 겠지. 그럴 수도 있겠지."

후시미도 스스로를 타이르듯 중얼거리고 자신 없어 보이는 미소와 함께 천천히 걷기 시작했다.

"아이도 사실은 쓸쓸한 건가~? 하하……."

"거절했어."

"약속했다고 해서 억지로 지킬 필요는 없어. 알겠지? 나는 약속해준 것 자체가 기뻤을 뿐이니까———."

내 반응을 보지 않으려는 건지, 그녀의 걸음걸이가 점점 빨라졌다.

쫓아가서 손을 잡을까———. 그런 상상도 되었지만, 다리가 움직이지 않았다.

『히나는 사실———.』

누군가의 목소리가 머릿속을 스쳐 갔다.

몸이 굳어버린 것처럼 한 발짝도 움직일 수가 없었다.

———배신당한 기분이었다.

———좋아한다고, 알아보기 쉽게 표현해주었는데.

─── 사실은 그렇게 생각하고 있었구나. 그렇게 생각하니 싫어졌다.

"타카양, 좋은 아침~."

예이~, 하며 어깨를 부딪힌 사람은 데구치였다.

"뭐 해? 가만히 서서."

"아, 잠깐 멍하니 있었어."

"아직도 졸리냐~."

데구치가 웃으며 나를 재촉했다.

"가자고~. 영화 감상이 모였길래 읽어봤는데 말이지~? 아무것도 모르고 있더라고. 후시미 양이 귀엽다, 히메지마 양이 귀엽다 하는 것밖에 없어. 나 참~, 타카양의 테크니컬한 연출과 구성을 이해하는 녀석은 아무도 없단 말이지."

"마이너한 자기 취향을 정말 멋지다고 생각하는 녀석이 가끔 있긴 한데, 바로 내 옆에 있었을 줄이야."

"후후. 칭찬하지 말라고."

오히려 디스하는 건데.

"나만은 깨어있다는 식으로 말하면 안 된다? 보통은 연기자가 잘하는지 못하는지 정도만 알아볼 테고, 나는 신경 안 써."

"보통 그런가~."

흥, 하고 코로 숨을 내쉬는 데구치. 어느새 전문가 행세를 하게 되어버렸다.

실내화로 갈아신으면서 데구치가 다른 반 친구들의 반응을 가르쳐 주었다.

"다들 손님이 많이 온 데다 감상도 호평이 많아서 좋아하더라."

"응? 그건 다행이네."

"그걸 기획한 후시미 양이랑 엄청나게 노력한 타카양에게 감사해야겠지."

데구치가 헤헤, 하며 코 밑을 문질렀다.

"그거 너무 구식 제스처라고."

데구치는 깔깔대며 웃고는 내 등을 찰싹찰싹 때렸다.

HR 때는 담임 선생님에게 어제와 마찬가지로 연락 사항, 주의 사항을 들었다.

"어제 200명이 넘게 보러 왔다며? 대단하네. 박수."

와카가 그렇게 말하자 모두가 박수를 쳤다.

"평판도 좋은 것 같아서 나도 자랑스러워. 이틀째 축제가 시작되겠지만, 다들 너무 설치지 말고."

그런 말과 함께 이틀째가 시작되었다.

오늘은 아무런 계획도 없었기에 다들 어떻게 하려나 물어볼 생각이었는데, 후시미의 표정이 딱딱하게 굳어 있었다.

"어제 리허설은 완벽하게 했으니까 여유로워. 여유롭다고. 여유롭다니까……."

그녀는 인상을 찌푸린 채 그렇게 중얼거리면서 교실 밖으로 나갔다.

"후시미."

"미안해. 오늘은 좀 혼자 있게 해줘."

기분을 풀어주려고 말을 걸었는데, 보아하니 방해가 되어버릴 것 같다.

히메지가 어이없다는 듯이 어깨를 으쓱였다.

"저렇게 엄청나게 진지하고 긴장하는 타입이 무대에선 제일 큰 실수를 하는 법이죠."

"그런 말 하지 말고."

히메지다운 비꼬기다.

"농담이에요. 저도 약간은 기대하고 있으니까요."

아, 그렇지. 마나가 기대하고 있다는 말을 미처 해주지 못했네.

메시지 같은 걸로 전달해줄까 생각도 해봤는데, 마나라면 직접 메시지라도 보냈을 것 같다.

"으엑."

휴대폰을 본 히메지가 불쾌하다는 듯이 눈살을 찌푸렸다.

"마츠다 씨가 30분 뒤에 돌아온다고 하네요."

"빠르네."

"바쁘면서 왜."

"아이카가 다니는 학교를 한 번 봐두고 싶었거드은, 이라고 할 것 같아."

"네……, 진짜로 그렇게 말했죠…….."

히메지가 질색이라는 듯이 어깨를 늘어뜨렸다.

"안타깝겠지만, 그런 관계로 저는 그 여자 행세를 하는 사람을 돌봐줘야 할 것 같아요."

안타깝겠지만?

"료는 아이가 없는 학교 축제 따위는 죽을 만큼 따분하다고 생각하겠지만, 이번만큼은 어쩔 수가 없어요."

히메지는 농담인 건지 진담인 건지 알 수가 없는 톤으로 그렇게 말했다.

토리고에는 어제 시노하라가 온다고 했으니 그쪽하고 함께 다닐 것이다.

"타카모리 군도 미이랑 같이 돌아다닐래?"

시노하라는 미이라고 부를 만한 캐릭터가 아니라 그 호칭에는 여전히 위화감이 든다.

"아니, 사이좋은 친구 사이에 끼어드는 건 좀 그러니까 됐어."

"그렇구나."

"뭐야, 뭐야. 타카양, 프리야? 오늘은 어떻게 할 건데?"

지나가던 데구치가 그런 나를 보고 말을 걸었다.

"그래. 혼자서 영화를 보러 온 손님들의 반응이나 지켜볼까 하는데."

"헌팅하자고."

작년에도 그렇게 말했던 반 친구가 있었지.

"어차피 한가하잖아? 가자고!"

응? 응? 거리며 내게 어깨동무를 하는 데구치. 내가 당황하고 있자니 토리고에가 조용히 말했다.

"데구치 군은 호감도가 낮아지는 말만 계속 하니까 오히려 호감이 간단 말이지."

알 것 같다. 뭔가 알아보기 쉬워서 안심감이 든다고 해야 하나.

"어. 토리고에 씨, 그건 설마 나를 좋아———."

"아, 그건 아니야."

"빠르네!"

"뭐, 어차피 여자한테 말 걸 용기도 없겠지만."

그렇다, 나는 의욕도 없고 꼬실 생각도 없다.

"내가 인기가 많아져도 모른다고! 안 그래? 타카양!"

"은근슬쩍 나를 끌어들이지 말라고."

데구치는 뭔가 말하고 싶어 하는 토리고에를 보고도 아랑곳하지 않고 나를 억지로 끌고는 교문 쪽으로 걸어갔다.

"진짜로 해주겠어……!"

의욕만은 훌륭한 듯하다.

토리고에가 쓸데없이 부추기니까 엄청나게 의욕이 커졌잖아.

다른 학교 여자애인 것 같은 사람을 발견하자 데구치가 '좋았어'라고 기합을 넣고는 다가갔다.

"아……, 신고나 안 당하면 좋겠는데."

"타카료."

사복 차림으로 다가온 시노하라가 의아해하는 표정을 짓고 있었다.

"뭐 하고 있어?"

"헌팅하는 걸 지켜보고 있어."

"정말, 이럴 때 대체 뭐 하는 건데……."

"나도 그렇게 생각해."

"그게 아니라……, 시이 말이야. 그 애는 지금 뭐 하는데?"

"시노하라를 기다리고 있는 것 같아."

"알겠어. 잠깐만 기다려."

기다리라고?

시노하라는 빠른 걸음으로 건물 안에 들어갔다.

"그래, 그래. 난 2학년이고, 데구치라고 하는데━━."

데구치는 어느새 갸루 두 명에게 말을 걸고 있었다. 횟수로 밀어붙일 셈이구나, 저 녀석.

"어~, 뭐야~, 사 준다고~?"

"아니, 그런 게 아니라⋯⋯."

"그럼 연상인 의미 없지 않아?"

"ㅋㅋ. 그러게."

꺄하하 손뼉을 치며 웃어대는 두 사람. 데구치의 사기 게이지가 눈에 띄게 떨어진 것을 알 수 있었다.

"아. 마나, 왔네!"

"정말이네. 너무 늦었잖아!"

"미안~. 전철을 한 번 놓쳐서━━."

갸루가 세 명으로 늘어났나 싶었더니 그중 한 명이 내 여동생이었다.

"아! 오빠야!"

이봐~, 마나가 그렇게 부르며 손을 흔들었기에 데구치가 꼬시던 갸루 두 명이 이쪽을 보았다.

"아. 이게 마나네 오빠야? 영화 찍었다던?"

"헤~. 동영상 편집 엄청 잘한다면서?"

호기심 어린 시선이 내 발끝부터 머리끝까지 몇 번 왕복했다.

"맞아. 이게 내 오빠야야."

마나가 쑥스러운 듯이 나를 소개했다.

"뭐 하고 있었어? 교문에서."

"마나, 내 말 좀 들어봐. 이 녀석이 여동생 친구인 줄도 모르고 헌팅을———."

"뭐? 대체 뭐 하는 건데."

표정이 엄청 무섭다.

"타카양은 사주지 않으면 연상인 의미가 없다는 말에 마음이 꺾인 참이었고."

"그거 전부 네 이야기잖아."

따악, 데구치의 어깨를 주먹으로 살짝 때렸다.

"아, 그래도오, 마나네 오빠야라면, 오케이~! 같이 돌아보고 싶지~? 완전 괜찮은데."

"응. 맞아, 맞아. 완전 괜찮아. 아니, 꽤 괜찮아~! 영화 이야기도 들어보고 싶으니깐!"

중3 갸루 두 명이 들이대자 마나가 사이에 끼어들었다.

"안 된다고! 안 돼! 안 돼! 오빠야는, 그러니까, 화장실도 혼자 못 갈 정도로 장난이 아니니까!"

"야, 거짓말하지 마."

이상한 방식으로 내 평판을 떨어뜨리지 말라고.

"여동생 친구 갸루들……, 뜨거운 전개네."

"그렇게 생각할 수 있는 넌 참 이득 보는 성격이구나."

에휴, 나는 한숨을 쉬었다.

시스콘이라는 말을 들을지도 모르겠지만, 갸루 친구 두 명과 마나를 비교하면 마나가 더 귀엽다.

"오빠야는 안 되지만, 데구는 괜찮아. 돈도 있으니까 많이 사줄 거고."

마나가 제물을 내밀었다.

"진짜로?"

"진짜로오~?"

두 갸루가 눈을 반짝이자 데구치가 기회다 싶었는지 멋진 표정을 지으며 자신을 손가락으로 가리켰다.

"뭐, 그렇지. …………주, 주스 정도라면."

마지막에 조용히 말한 건 듣지 못한 건지, 갸루 두 명은 신이 났다.

"아, 그럼 가자~."

"마나는 어떻게 할 거야?"

"나는……. 오빠야, 안내해줘~."

"내가?"

""브라콘 미쳤네──.""

마나는 장난기 어린 표정을 지으며 혀를 슬쩍 내밀었다.

"남매인데도 집에선 무조건 뽀뽀도 할 거야."

"그러게~. 그런 느낌이야."

안 한다고. 못하는 말이 없네.

"타카야, 나는 할 거야."

각오를 다진 듯한 표정을 지은 데구치가 그렇게 말한 다음, 연하 꺄루 두 명을 데리고 노점 쪽으로 걸어갔다.

그래 봐야 너를 지갑으로만 보는 것 같거든, 데구치.

"중학교하고는 규모가 다르네."

"뭐, 그렇지. 중학교는 매점도 없고, 반 발표도 딱딱하게 할 때가 많으니까 구경해도 재미는 별로 없잖아."

여기저기 둘러보던 마나가 뭔가 눈치챘다.

"두목님도 왔어?"

"좀 전에 왔던데."

"난 두목님하고 같이 돌아다닐 거니까 이제 됐어."

"아, 그래?"

나는 멍해진 채 덩그러니 남았다. 결국 혼자가 되어버렸다.

교실 쪽으로 돌아가려다가 토리고에를 발견했다.

시노하라랑 따로 다니기로 했는지 헤어진 것에 대해 아무런 말도 하지 않았다. 마침 나도 외톨이가 되었기에 그대로 둘이서 돌아다니기로 했다.

"가고 싶은 곳? 딱히 없는 것, 같은데……"

하지만 토리고에가 이런 느낌이라, 각 교실 앞을 지나가기만 하다가 끝났다.

"타카모리 군은 소설 다 읽었어?"

"아, 중간까지. 다들 너무 빨리 읽잖아. 나는 엄청나게 느리거든. 미안해."

"아니야. 전혀 그렇지 않아. 다 읽으면 감상을 말해줘."

"그래."

이틀째가 되니 어떤 반에서 뭘 하고 있는지 대충 알게 됐기에 갈 곳도 한정적이다. 특히 토리고에가 반에서 발표하는 것들에는 아무런 흥미도 보이지 않았기에 더욱 그랬다.

"소설 쓸 때 있잖아. 이건 그 작품을 베낀 거 아닌가 싶거나, 이 인물은 누군가와 겹치지 않나 싶어서, 그런 게 정말 걱정이 많이 됐거든."

토리고에는 평소보다 말수가 많았다. 학교 축제의 들뜬 분위기가 그렇게 만든 걸까. 나는 소설을 쓰던 당시에 대해 말해주는 토리고에에게 맞장구를 치면서 이야기를 듣고 있었다.

토리고에가 어제 먹지 못했던 것 같은 카레를 샀기에 나도 함께 먹기로 했다.

자유 공간에는 어제와는 달리 사람이 많았다. 차분하게 지낼 만한 곳을 따로 찾아서 돌아다니다가, 마지막에는 특별 교실 건물 안의 인기척이 없는 계단에 앉았다.

싸구려 플라스틱 스푼으로 취주악부에서 만든 카레를 입에 넣었다.

"히이나는 괜찮으려나. 엄청 긴장한 것 같던데."

"히메지는 그런 녀석이 실수한다고 하더라고."

라이브 경험이 풍부한 히메지에겐 무대에서 흔히 생기는 이야기겠지. 그래도 그게 너무 리얼해서 더더욱 걱정이 되었다.

"히메지는 어째서 그런 이야기를 해버리는 걸까."

"히메지다운 거지. 후시미에게는 특히 선배 행세를 하고 싶어하니까, 약간 잘난 체도 할 겸 한 마디 찔러주고 싶어진 거 아닐까."

후시미와 히메지는 소꿉친구이지만 그보다 더 특별한 관계이기도 하다.

연예 쪽으로 나아가고 있는 히메지와 그쪽 진로를 지망하고 있는 후시미. 의식하지 않는 게 더 힘들 것이다.

"연극부 공연은 인기가 많은 것 같아. 작년에는 체육관이 가득 찼대."

그 체육관이 가득 찼다면 500명 정도는 여유롭게 넘었을 것이다.

"다른 사람한테 들은 거지?"

"응. 작년에는 안 봤으니까."

"나도."

눈이 마주치자 둘 다 살짝 웃어버렸다.

마침 창문 밖으로 보이는 체육관 문 근처에서 접이식 의자를 옮기는 학생들의 모습이 보였다.

이미 텅 빈 카레 그릇은 겹쳐서 발치에 내려놓았다.

학교 축제 이야기와 영화의 감상 이야기, 다시 토리고에의 소설 집필 이야기까지 화제가 돌아갔다. 정신없이 이야기를 나눠서 그런지 시간이 눈 깜짝할 새에 지나갔다.

"이제 한 시간 남았구나."

왠지 나까지 긴장되기 시작했다.

"저기……. 후야제 말인데——, 잠깐만. 아무런 말도 하지 마."

내가 말을 꺼내려 하자 토리고에가 가로막았다.

"만약에…………."

몇 번이나 망설이듯 입을 열었다가 다물고 머리카락을 만지작거리며 차분하지 못하던 토리고에가 이쪽을 바라보았다.

"만약에, 상대가, 나라도, 괘, 괜찮……, 괜찮다고 생각하면――……, 물리실……로 와. 그, 그것뿐이야."

앞을 돌아본 토리고에가 옆얼굴을 머리카락으로 가렸다. 모든 기운을 쏟아낸 듯이 어깨를 들썩이며 숨을 쉬고 있었다.

"알겠어."

물리실이라는 말에 처음 만난 날 점심시간이 생각났다.

"똑같은 생각을 한 녀석이 있구나. 토리고에를 처음 봤을 때 그렇게 생각했어."

"……점심시간에 물리실에서 조용히 지내는 거?"

"그래. 그때는 토리고에랑 다른 반이었지만, 나처럼 교실에 있는 걸 힘들어하는 외톨이가 나 말고도 있었다 싶어서. 그 사실을 알고 왠지 조금 기뻤거든."

"알아. 나도 그렇게 생각했으니까. 쿨한 표정 하고 다니는 주제에 점심시간을 함께 지낼 친구가 없다는 게 뜻밖이었거든."

우리 둘 다 연대감이라고 해야 하나, 동료 의식 같은 게 있었던 것 같다. 말을 걸게 될 때까지 시간이 그리 오래 걸리진 않았다.

"나는 서서히 타카모리 군에게 침식당한 것 같아. 점심시간 자체는 우울했지만, 점심 먹는 걸 조금 기대하게 됐어. 연락처도 모르고 반도 다른 그 남자애는 가끔 안 올 때도 있었지만."

"아, 가끔 땡땡이쳤거든, 학교."

"응, 맞아. 나중에 물어봤더니 전혀 성실하질 않더라. 그것도 내게는 좀 뜻밖이었거든. 아무튼, 그곳에서 그 시간에 그렇게 해 주는 게 내게는 구원이었어. 타카모리 군은 내가 건드리지 않았으면 하는 부분을 건드리지 않았고, 그걸 자연스럽게 이해했고, 혼자지만 고독하지 않을 정도로 절묘한 거리감을 유지해줬거든. 그런 딱 좋은 자상함과 거리감, 분위기가 나는 나도 모르게 좋아졌어."

토리고에는 내가 무슨 소릴 하는 거지? 하고 중얼거리고는 발치에 있던 쓰레기를 집었다.

"가자. 조금 이르긴 하지만."

토리고에가 일어나서 치마에 묻은 먼지를 살짝 털었다.

"쓰레기는 내가 버릴게."

내가 손을 내밀자 먼저 걸어가기 시작한 토리고에가 앞을 보며 말했다.

"있지. 그때 만약에 내가 좋아한다고 했다면, 나를 좋아하게 되었을까?"

"……응. 그럴지도 모르지."

교실에서 건성으로 이야기하던 반 친구들과의 시간보다는, 거의 말없이 물리실에서 공유한 시간이 더욱 충실했다.

토리고에는 계속 고개를 숙이고 있어서 표정이 잘 보이지 않았다. 그런가 싶더니 멈춰서서 어떤 곳을 바라보았다.

"저거, 혹시———."

조용히 중얼거린 토리고에가 뛰어가다가 막 생각났다는 듯이 이쪽을 돌아보았다.

"타카모리 군, 먼저 가 있어. 난 화장실 갈 테니까."

나는 애매하게 대답하고는 체육관으로 향했다.

체육관에 가보니 이미 안에는 암막을 쳐서 바깥에서 들어오는 빛을 가려두고 있었다.

"작년보다 많지 않나?"

"후시미 양이 나오니까 그렇겠지?"

"아~. 그러게."

적당히 앉은 접이식 의자 주위에서 그런 목소리가 들렸다. 학교에서 가장 유명한 건 역시 히메지가 아니라 후시미라는 생각이 새삼 들었다.

"혼자서 뭐 하는 거니, 훈남."

뒤에서 누가 어깨를 두드렸다. 낯익은 목소리라고 생각하며 돌아보았더니 마츠다 씨가 있었다. 멋지게 차려입은 데다 오늘은 도수 없는 안경을 꼈다. 훈남은 그쪽일 텐데.

"마츠다 씨 혼자 오셨어요? 히메지는······."

"아이카? 학교를 둘러본 다음에 따로 떨어져 버렸어. 아, 영화 좋더라. 내용은 알고 있긴 했지만, 손수 만든 극장 분위기도 학생들끼리 만든 느낌이라 정말 좋았어."

"정말로요? 다행이네요."

"몇 번을 봐도 연기가 서투른 아이카는 웃기던데."

"그걸로 놀리면 진짜로 삐질걸요? 그 녀석."

"……그래서인가? 안 보이는 게."

이미 늦었나.

"찾았네. 다녀올게."

그렇게 말한 마츠다 씨를 보낸 나는 토리고에를 찾아보았다. 화장실에 간다고 했으니 곧 올 텐데―――.

거의 다 채워져 가는 자리를 한 번 확인하고, 출입구 쪽을 돌아보고, 다시 자리에 앉아 있는 학생들을 보고―――, 그렇게 반복하다가 문득 어떤 사람이 눈에 들어왔다.

"……어라?"

아시하라 씨……잖아, 저 사람. 잘못 본 건……, 아니다.

그냥 와 있네.

올 때는 선글라스 같은 걸 끼고 변장할 거라 생각했는데, 아무것도 하지 않았다.

오라를 없앴다고 표현해야 할까. 주위에 있는 사람들은 아무도 눈치채지 못했다.

이곳 분위기에 녹아들어 있다.

저번에 봤을 때는 나이보다 젊게 보였는데, 지금은 나이에 맞게 보인다. 늙어 보인다는 의미가 아니라, 나이를 알기 힘든 예쁜 누님이라는 분위기였다.

옆에는 매니저로 보이는 여자가 한 명 있어서 진지한 표정으로 뭔가 말하고 있었다.

그때, 문득 아시하라 씨와 눈이 마주쳤다.

내가 고개를 살짝 끄덕이자 눈치챈 상대방도 고개를 살짝 끄덕였다.

일부러 와줬구나.

이 사실을 지금 당장 후시미에게 알려주고 싶다. 하지만 더 이상 긴장시킬 만한 짓을 하고 싶진 않다. 아니, 의외로 알려주는 게 더 열심히 하는 결과로 이어지려나?

"다행이네."

나는 안도의 한숨을 쉬며 의자에 몸을 기대고 앉았다. 그때, 교복 주머니에서 위화감이 들어 손을 집어넣었다.

꺼내보니 작게 접힌 종이였다.

이게 뭐지?

꼼꼼하게 접힌 그 종이를 천천히 펼치기 시작했다. 안에는 히메지가 쓴 것으로 보이는 글씨가 있었다.

『후야제, 운동장 한가운데에서 기다릴게요.』

어느새 이런걸. 마츠다 씨가 수상하다.

그녀다운 약속 장소이긴 했다.

후야제는 운동장에서 진행된다. 장소만 정해져 있고, 반드시 운동장 어디에 있어야 한다는 자세한 규칙은 없다. 각자 마음에 드는 곳에서 마음에 드는 사람과 춤을 추는 게 관습인 모양이었다.

운동장 구석에서 커플들끼리 알콩달콩 춤을 추는 이미지인데, 전학생인 히메지는 그 사실을 모르는 걸까, 아니면 알면서도 그 장소를 지정한 걸까.

한가운데라고 확실하게 적혀 있다. 제일 눈에 띄는 곳. 일부러 지정했을 것 같은데, 이거.

『지금까지 춤과 노래와 비주얼로 돈을 받았던 제가 춤을 추는 거 잖아요. 그에 맞는 장소를 선택했을 뿐인데요』라고 말할 것 같다.

음~, 눈에 선하다.

히메지는 함께 지내면서 질리지 않는 녀석이었다.

여름방학, 사무소에 카메라를 빌리러 갔다가 돌아오는 길에 둘이서 놀았을 때도, 학교 축제를 구경하고 다녔던 어제도, 재미없다고 생각한 적은 한 번도 없다.

어렸을 때부터 그랬다.

지금 생각해보면 그때부터 자신감이 엿보였지. 행동력이 있고, 자신의 의견을 확실하게 말하고, 나를 팍팍 끌고 다녀주었다. 여기로 가자. 저걸 하자. 이러면 즐겁다———. 히메지와 놀 때는 꽝이 없었고 즐거웠다.

좋아했다. 너무 어렸기에 지금 생각해보면 좋아한다는 감정과 들어맞지 않았을지도 모르겠지만, 당시에는 좋아했던 것 같다.

전학해서 돌아온 히메지는 아이돌이 되었다가 그만둔 상태였다. 그런 큰 사건을 겪었기 때문인지 어느새 사람으로서 강해져 있었다.

바뀌지 않은 것도 있지만, 우리 둘 다 바뀌었다. 떨어지게 되었던 초등학생 무렵과는 달리 우리는 당시보다 어른이 되었다.

건방지게 굴 테니 소리 내어 말하지는 않겠지만, 히메지의 일에 대한 생각이나 그 자세를 나는 약간 존경하고 있다.

나는 항상 올곧고, 자신을 지나칠 정도로 최대한 믿고 있는 히메지를 멋지다고 생각한다.

나는 그 편지를 다시 접어서 주머니에 넣었다.

토리고에를 찾아보았지만 보이지 않았다. 빈자리가 점점 채워졌고, 토리고에가 오면 앉히려고 했던 자리도 1학년으로 보이는 여자애가 앉았다. 나는 대충 위치를 알리는 메시지만 보내기로 했다.

앞쪽에서 열 번째 정도. 약간 가운데. 좋은 자리를 잡은 것 같은데. 히메지도 그렇고 마츠다 씨도 다른 곳에서 볼 생각인가?

천장의 조명이 조금씩 꺼지기 시작했다.

『지금부터 연극부의 공연, '다이어리'가 시작됩니다. 가지고 계신 휴대폰은 진동 모드로 전환하시거나 전원을 꺼주시고 주위에 계신 다른 손님분들께 폐가 되지 않게끔 부탁드립니다———.』

2층 통로에서 조명이 켜지며 막으로 가려진 무대 쪽을 비추었다.

학교 축제 안내 책자에 적혀 있던 줄거리에 따르면 죽어버린 주인공 소녀가 유령이 되어 연인이었던 남자친구에게 찾아온다는 연애물이었다.

후시미는 주인공의 남자친구의 현재 연인 역할이라 준 주역급이라고 했다.

공연 시작을 알리는 버저가 울리자 막이 천천히 올라갔고, 이야기 소리가 들리지 않게 되었다.

◆후시미 히나

홈쇼핑으로 주문한 의상인 교복에선 새 옷 냄새가 났다. 내 교복과는 다른 세일러복. 가슴 쪽에 달린 리본은 흰색.

연출을 담당하고 있는 부장님의 센스인 것 같은데, 받아서 뜯어본 뒤에 모두가 귀엽다고 했기에 나도 맞장구를 치긴 했다. 솔직히 우리 학교 교복도 귀여운 것 같아서 무슨 차이인지 잘 모르겠다.

학교 교복으로도 상관없지 않나? 그렇게 생각했지만, 기시감이 없는 게 더 낫다는 부장님의 의견이 채용되었다.

공연 시작을 알리는 버저가 울리자 막이 천천히 올라갔다.

연극은, 주역인 유미를 연기하는 3학년 여자와 그 남자친구인 케이고 역할이 사귀는 장면으로 시작되었다.

"저와 사귀어주세요!"

"나 같은 사람으로도 괜찮겠어?"

"물론이죠!"

나는 그 모습을 무대 옆에서 지켜보고 있었다. 내가 등장할 장면은 아직 조금 남았다. 죽어서 유령이 되어버린 주역으로부터 연인을 빼앗은 여자, 리나 역할. 나는 처음에 대본을 읽고 기분 나쁜 애라고 생각했지만, 나쁜 애가 아니라는 걸 알게 되고는 대사에 공감할 수 있게 되었다.

"무대에 서본 게 몇 번째였지?"

배경 역할이기도 한 부장님이 조용히 물었다.

"음, 네 번째예요."

나도 모르게 부풀려서 말해버렸다. 사실은 두 번째인데.

"그럼 그렇게까지 긴장하지 않을지도 모르겠네."

"그렇지 않아요."

나는 쓴웃음을 지으며 고개를 저었다. 한번 경험해보긴 했지만, 영화를 찍을 때처럼 NG를 낼 수는 없다. 무서운 줄도 모르고 섰던 첫 번째와는 긴장의 방향성이 달랐다.

급하게 도우미로 불려 온 입장이기도 하다. 음향 한 명, 조명 두 명, 연기자는 여섯 명 정도의 조그마한 연극부에서 손수 만든 무대. 발목을 잡을 수는 없다.

나 자신이 납득할 수 있는 연기를 단번에 성공시킨다.

단번에 성공시킨다———.

료 군은 그 이후로 아무것도 가르쳐주지 않았지만, 어머니가 보러 왔을 가능성이 있다.

부끄러운 짓은 할 수 없다.

무대 위에서는 이야기가 진행되었고, 주인공이 사고로 죽어서 유령이 되었다. 무대 전체를 비춘 조명이 스포트라이트로 바뀌었다. 주인공인 유미 한 명만 비추고는 초반 마지막 대사, '아무도 나를 못 보는 거야———?!'가 체육관 안에 잘 울렸다.

몇 번이나 봐온 초반이 눈 깜짝할 사이에 끝났다.

무대가 암전되고 급하게 다음 장면에서 쓸 책상과 의자를 늘어놓았다.

나는 뺨을 찰싹, 때렸다.

암전된 와중에 무대 가운데 자리에 앉았다. 옆에 있는 케이고 역할인 남자와 함께 객석과 마주 보고 나란히 앉은 듯한 위치였다.

리허설대로 자리에 앉은 다음, 하나, 둘……, 머릿속으로 5초를 세웠다.

내 귀 안쪽에서 슬레이트가 경쾌한 소리를 울리자 무대가 밝아졌다.

"케이고, 언제까지 풀 죽어 있을 거야~?"

여자들이 싫어하는 타입인 여자, 리나는 턱을 괸 채 케이고를 보았다.

"벌써 반년이 지났어. 슬픈 건 이해하지만 말이야."

료 군이 들고 있던 카메라는 내 표정을 세밀하게 잡아내 주었지만, 지금은 그게 없다.

연극 연기를 할 때는 알아보기 쉽게, 크게.

일어서서 설명투로 대사를 하며 자리 주위를 어슬렁거리다가, 대놓고 꼬드기기 시작했다.

기분 나쁜 애네. 연기를 하면서도 머릿속 한구석으로는 어렴풋이 그렇게 생각했다.

"놀러 가자. 우울하게 있어봤자 아무런 소용도 없잖아?"

유령이 된 유미가 보고 있는 것도 모르고 리나는 케이고를 데리고 놀러 간다. 리나 덕분에 케이고는 서서히 기운을 되찾기 시작한다. 스탭이 쉴 새 없이 소품을 치우고 다른 소품을 가져다주었다.

대사 중간중간에 엿보고 있던 유미가 자신의 심정을 말했다. 살아있는 리나를 질투하고, 기운을 되찾은 케이고를 보고 안심하고, 두 번 다시 이야기를 나눌 수 없다는 사실로 인해 슬퍼하고, 나중에는 포기하는 마음으로 바뀌어 간다.

"좋아……, 한단 말이야. 케이고를……."

내가 고백하는 장면은 원래 단순한 대사에 불과했지만, 연습을 하다 보니 마음을 담을 수 있게 되었다. 그 대사를 내 상황에 대입하게 된 것이 계기였다.

객석에 료 군이 있는 게 보인다. 이상한 타이밍에 시야 안으로 들어오지 말아줘, 료 군…….

하필이면 지금이냐고 해야 하나……, 약간 껄끄럽다. 연기니까, 이거, 연기. 그건 그렇고 다른 사람들은 어디 있지?

망설이던 케이고는 대답을 보류하고 돌아가려 했다. 그때, 떨어뜨린 손수건을 주인공인 유미가 눈치챈다. 마음이 강해서인지, 가벼운 물건 정도는 들 수 있게 된 유미는 펜을 써서 필담을 나누기 시작한다.

나는 일단 물러났고, 케이고와 유령의 교류가 시작되었다.

이거 스토리가 비슷한 영화가 있는데, 각본을 쓴 부장님은 알고 있으려나? 새삼 걱정이 되었다. 아이라면 제일 먼저 지적했을 것 같지만, 도우미로 온 입장이라 자잘한 건 참견하지 않기로 했다.

정체를 밝히지 않은 유미는 자신의 마음을 억누르며 리나를 도와주었다.

"뭘 망설이는 거야? 리나는 정말 착한 애인데. 사귀어버리지 그래."

목소리가 들리지 않는다고는 해도, 나는 좋아하는 사람 앞에서 저렇게 착한 애가 될 수 없다.

역시 나는 나쁜 애고, 머릿속 한구석에서 계산을 해버리고, 귀엽게 보이고 싶고, 다른 누군가를 좋아한다 하더라도 나를 좋아할 수 있게끔 열심히 노력해버릴 것이다.

나는 무대 옆에서 받은 페트병에 담긴 물을 한 모금 마신 다음, 등장할 차례가 되었기에 다시 무대에 섰다.

어떤 계기로 인해 유령의 존재를 알게 되고, 그 정체가 유미라는 걸 알게 되는 장면부터다.

"유미, 야?"

나……, 리나에게 있어서 클라이맥스가 찾아왔다.

"케이고는 살아있다고! 유미 네가 그런 식으로 나타나니까──."

필담이긴 하지만, 대사를 말하는 유미. 또 료 군의 모습을 확인하고 싶어졌다. 집중이 끊어지지 않게끔 그쪽을 힐끔 보려 했을 때였다.

내게는 객석의 그곳에만 스포트라이트가 비친 것처럼 보였다.

아는 사람이다. TV나 DVD로 봤던 사람. 거울에 비춘 나와 분위기가 많이 닮은 사람.

어머니.

"나도 유령 같은 거 되고 싶지 않았어! 여전히 케이고를 좋아하고, 쉽게 잊을 순 없다고!"

의식을 다시 무대로 되돌렸다. 선배의 박진감 넘치는 연기에 손님들이 빨려 들어갔다는 걸 알 수가 있었다.

다음은 내가 대사를 할 차례다.

…….

"…………."

어라?

뭐였지? 어, 어라? 대사———.

머릿속이 새하얘졌다. 대본에 뭐라고 적혀 있었더라? 대사를 다시 떠올리려 해봤지만 그러지 못했다. 영상으로 떠올린 대본은 내 대사 부분만 공백이었다. 분명히 내 대사가 거기에 적혀 있었을 텐데.

나오지 않는다.

벌써 몇 시간 동안이나 이렇게 하고 있는 것 같았다.

조용해진 무대와 체육관의 침묵이 몸 전체를 짓눌렀다.

정적이 귀를 찔렀다.

숨이 막혔다.

이변을 눈치챈 유미 역 선배가 입을 뻐끔거리며 대사를 말해줬지만, 거리 때문에 들리지 않았다.

무대 옆에서도 당황하고 있었다. 급하게 대사 카드를 만들려 하고 있다.

떨리는 시선이 도움을 청하듯 료 군을 포착했다.

걱정스러운 듯한 눈빛. 나와 눈이 마주친 것을 눈치채고는 살짝 웃으며 고개를 끄덕였다.

영화를 촬영할 때 몇 번이나 보았던 표정이다.

맞다, 대사———, 내 상황에 대입해서 마음을 담으려고 했었지.

기억 속에 가라앉았던 대사를 손으로 더듬어서 끌어당기기 시작했다.

어머니에게 보여주고 싶었지만, 제일 보여주고 싶었던 사람은 역시———.

나, 이런 연기도 할 수 있어. 료 군에게 보여주고 싶었다.

아, 맞아. 그랬지. 어째서 이렇게 간단한 대사를.

대사의 윤곽을 그제야 파악해 떠올렸다.

나는 다시 한번 리나가 되었다. 리나의 대사는 나의 말이기도 했다. 그래서 나는 내가 되었다.

객석이 웅성거리기 시작함과 동시에 대사가 나왔다.

"나는, 지지 않을 테니까!"

◆타카모리 료◆

회장 전체가 안도한 듯한 분위기에 휩싸였다. 아마 그건 연기자나 스탭들도 마찬가지였을지도 모르겠다.

시간이 멈춘 것처럼, 무대 위가 조용했다. 5초에서 10초 정도.

누구 대사로 다시 시작하나 싶었는데 후시미부터였다. 원래 이렇게 뜸을 들이는 장면인가?

큰 몸짓으로 '나는, 지지 않을 테니까!'라고 선언하는 후시미……, 아니, 리나.

좀 전부터 몇 번 마주친 것 같은 시선은 역시 마주쳤던 게 맞는 건지, 또 나와 후시미의 시선이 맞부딪혔다.

Illustrations copyright © Fly

"좋아한다고————!!"

후시미의 목소리가 체육관에 울려 퍼졌다.

후시미는 울음을 터뜨릴 것처럼 애절한 표정으로 한 곳을 바라보고 있었다.

"다른 누군가랑 사이좋게 지내서 조금 기분이 안 좋아지더라도! 시야 한구석으로는 보게 되고, 떨어져 있으면 지금 뭐 하고 있을까 생각하게 돼!"

대사라고는 해도 두근거렸다.

그건 여기 있는 남자들 모두가 마찬가지일지도 모르겠다.

학교에서 가장 유명하고 모든 남자애들의 연인이라고 불리는, 다들 한 번 정도는 연인이라고 망상해본 적이 있다고 할 정도인 여자애다.

그런 애가 소꿉친구라고 해서 나만을 특별하게 여길 리 없다.

"우정의 연장선상? 아니야! 집착도 아니야! 사랑에 빠진 내 이 마음은 특별하니까!"

……아니, 그렇지 않구나.

후시미는 내게 늘 다른 표정을 보여주었다. 그런데 다른 사람과 마찬가지일 리가 없다. 후시미가 내 거짓말을 대충이나마 알 수 있다고 말한 것처럼, 나도 후시미에게 비슷한 감각을 지니고 있다.

후시미는 언제나 표현해주었다.

나는 과거의 기억인지 뭔지 때문에 다른 방향으로만 발을 내디

더버렸는데. 후시미는 정이 떨어지기는커녕, 그럼에도 불구하고 열심히…….

최근 몇 달 동안을 돌아보고, 밀려오는 후회에 가슴이 답답해졌다.

연극이 진행되자 유미와 리나는 완전히 연적이라는 형태로 결별하게 되었다. 유미와 케이고의 교류는 계속 이어졌고, 마음이 풀린 유미는 나중에 성불한다. 연극은 다시 태어난 유미가 회사의 상사인 케이고와 다시 만나는 부분에서 막을 내렸다.

우레 같은 박수 소리가 울렸다. 나도 있는 힘껏 박수를 쳤다.

여운도 좋아서 나중에 누군가와 이야기를 나누고 싶은 기분이었다.

아시하라 씨는 어땠을까, 그렇게 생각하며 자리를 돌아보니 그곳은 비어 있었다.

없어……?

매니저 같던 사람도 없는 걸 보니 돌아가 버린 듯하다.

일어선 나는 혼잡한 출입구의 인파를 밀쳐내며 밖으로 나갔다.

그렇게까지 멀리 가진 않았을 텐데———.

뛰어서 정문까지 갔지만, 그럴싸한 사람은 보이지 않았다.

그렇다면……, 방문객용 주차장인가?

방향을 틀어서 주차장으로 뛰어갔다.

주차되어 있던 택시에 여자 한 명이 타려 하고 있었다. 다른 한 명은 이미 타 있었다.

저거다.

공항 같은 곳에서 타고 온 택시를 대기시켜 두었던 것 같다.

"아시하라 씨!"

나는 숨을 헐떡이며 소리쳤다.

매니저가 수상쩍어하는 표정으로 눈살을 찌푸리고는 곧바로 택시에 탔다.

문이 닫히자 뒷자리 반대쪽 창문이 열렸다.

"후시미는―――, 당신에게 보여드리기 위해서 열심히 노력했는데―――, 뭐라고 한 마디만 해주실 순 없나요?"

"내가 아니야. 료 군."

"네?"

"열심히 했던 건 나를 위해서가 아니라―――……."

부자연스럽게 말을 끊은 아시하라 씨. 안에서 매니저와 뭔가 이야기를 나누고는 문을 열고 나왔다.

그녀는 여배우 같지 않은 어색한 표정으로……, 내 뒤쪽을 보고 있었다.

돌아보니 후시미가 연극 의상을 그대로 입은 채 다가오고 있었다.

"엄마."

"대사 까먹었지?"

"응. 그래도 금방 생각났고, 리, 리허설 때는 완벽했어!"

"아니. 그런 뜻이 아니야. …………나도 그런 경험이 있으니까, 무슨 심정인지는 알아."

곤란하다는 듯이 웃는 표정이 후시미와 많이 닮았다.

"그랬구나."

"히나, 정말 서투르구나. 연기를 배웠는데 그 정도면 연예계는 포기하는 게 나을 거야."

나는 그렇게까지 서투르다고 생각하지 않았다. 그 무대 연기자 중에서는 제일 잘했다. 부모라서 더 엄하게 말해주고 있는 것 아닐까.

"지금부터 더 열심히 배워서 잘하게 될 테니까 괜찮아."

"지금 있는 걸 소중하게 여기는 게 좋을 거야. 발돋움하지 말고. 소중한 것이 소중하게 남아있으리라는 보장은 없으니까."

"나는, 괜찮아. 엄마."

"그래. ……무리하지 말고 지금을 즐기렴."

"응."

"건강 조심하고."

"응…….""

울컥, 후시미의 눈이 촉촉해졌다.

두 번 다시 만날 수 없는 것도 아니니까 굳이 울 필요는 없잖아.

쓴웃음을 짓고 있자니 화제가 내게 돌아왔다.

"료 군하고는 여전히 사이가 좋구나."

"응."

"어렸을 때부터 그랬으니까…….""

망설이듯 눈을 한 번 피하고 고개를 숙였던 아시하라 씨가, 고개를 들고는 이쪽을 똑바로 보았다.

"무대를 보기 전에 히나의 친구랑 우연히 만나서 이야기를 좀

했어. 까만 머리카락을 땋은 애."

토리고에구나.

먼저 가라고 했을 때, 토리고에는 아시하라 씨를 발견했던 거다.

무슨 이야기를 한 거지……?

"타카모리 군이 연애에 겁을 먹게 된 게 당신 때문 아니냐던데. 만약 그렇게 상처로 남아버렸다면 제대로 사과하게 해주렴."

무슨 이야기인지 이해하지 못하고 있자니 아시하라 씨가 그때 있었던 일에 대해 가르쳐 주었다.

"기억 안 나니? 히나는 너를 좋아하지 않는다고 거짓말을 해버렸던 거."

그 말을 듣자 당시의 기억과 들은 말이 이미지를 이루었다.

나와 후시미가 놀고 있었을 때였다. 아시하라 씨가 마치 적을 보는 것처럼 싸늘한 표정으로 조용히 말했었다.

『히나는 사실 너를 좋아하지 않아.』

알고 있었던 건지, 후시미는 아무런 말도 하지 않았다.

나는 그때 받은 인상으로 무서운 사람이라 생각하게 된 건가.

"……거짓말이야. 그것 때문에 여성 불신에 빠져버린 거라면, 정말 미안해."

그렇다면 내가 당시에 후시미에게 느꼈던 싫은 기분은 그 말 때문이었구나.

표면상의 태도와 진짜 생각은 별개———. 그렇게 마음속 한구석으로 생각했던 그건 아시하라 씨가 한 말 때문이었구나.

그렇다면 후시미는 처음부터 끝까지———.

"히나는 그때부터 료 군이 너무너무너무 좋아, 같은 느낌이었으니까."

"아아아아앗, 어, 엄마! 이, 이상한 소리 하지 마! 정말!"

후시미는 볼을 붉히고는 곤란하다는 듯이 눈썹을 늘어뜨리고 있었다.

택시 안에서 말을 걸자 아시하라 씨가 고개를 몇 번 살짝 끄덕였다.

"미안해. 이제 가야 하거든."

"엄마! 어땠어? 무대."

"틀에 박힌 각본에, 히나도 배우고 있다는 것치고는 서툴렀지."

"으으~, 그, 그런가요."

후시미는 불만이라는 듯이 눈을 가늘게 떴다.

"대사를 까먹은 뒤에는 연기가 괜찮았어. 누구에게 말한 건지는 모르겠지만."

볼에 살짝 물들었던 붉은 기운이 얼굴 전체로 퍼진 후시미가 점점 몸을 움츠렸다.

"또 보자."

쿡쿡 웃은 아시하라 씨가 다시 타자, 좌측 방향지시등을 켠 택시는 주차장을 빠져나갔다.

⑥ 후야제

　그렇게 화려하던 각 반의 장식물과 게시판에 붙였던 선전용 전단지를 전부 떼어내자, 늘 보던 풍경인 복도와 교실이 조금 쓸쓸하게 느껴졌다.

　학교 전체에서 진행된 학교 축제 뒷정리가 끝나고, 전교 집회에서 실행 위원장이 축제 종료를 선언했다.

　"올해도 후야제 때는 운동장에서 춤을 출 테니 오고 싶으신 분들은 와주세요."

　작년과 똑같은 안내였다.

　토리고에도, 히메지도, 후시미도, 학교 축제 뒷정리가 끝난 뒤에는 딱히 이야기를 나누지 않았다.

　"누구를 꼬실까~?"

　데구치는 물색하듯이 주위에 있는 여자애들을 번갈아 가며 보고 있었다.

　"운동장에서 춤을 추면 커플로 인정받는 거지?"

　내가 그렇게 묻자 데구치가 '뭐, 그렇지'라며 애매하게 대답했다.

　데구치가 특정한 누군가를 좋아한다는 이야기는 들어본 적이 없다.

　"결심했어. 토리고에 씨……."

"응———, 응?! 좋아했던 거야? 데구치."

나도 모르게 두 번이나 돌아보며 물었다.

"좋아한다고 하면 좋아하지. 받아준다면 그럴 마음이 있다는 거잖아~?! 그럼 갈 수밖에 없지!"

너무 조잡하다.

어이가 없는데. 이렇게 조잡한 구석도 애교로 봐줄 수 있다는 게 데구치의 캐릭터인가.

"토, 토리고에 씨———!"

토리고에를 발견한 데구치가 힘차게 달려갔다.

후시미와 토리고에, 히메지가 마침 셋이서 뭉쳐 있었고, 그녀들을 따라잡은 데구치가 토리고에에게 말을 걸고 있다.

토리고에는 표정이 전혀 바뀌지 않은 채 뭔가 담담하게 말하고 있다.

걸린 시간은 10초 정도.

풀 죽어서 어깨를 늘어뜨린 데구치가 비틀거리는 발걸음으로 체육관을 나섰다.

그런 남자가 한두 명이 아니었고, 격침당한 채 제자리에서 멍하니 서 있거나 무릎을 끌어안고 있기도 했다.

안내받은 시작 시간까지 15분 정도 남았다.

체육관에서 보이는 운동장에서는 실행 위원들이 음악을 틀 준비를 하면서 테스트를 반복하고 있었다.

체육관을 나선 다음, 텅 빈 교실로 돌아왔다. 후야제에 참가하지 않는 사람은 이미 집에 간 건지 짐이 없었다.

히메지와 토리고에는 가방이 있지만, 후시미의 가방은 없었다.

그러고 보니 후시미와 만나기로 한 곳을 정하지 않았다는 게 생각났다.

전화를 걸었지만, 받지 않았다.

교실 시계로는 이제 5분 뒤에 시작된다.

나는 한 가지 가능성을 눈치챘다.

가방이 없다는 건…….

설마———.

나는 복도를 뛰어가서 실내화를 벗어 던지고 운동화를 대충 신은 다음 건물 입구에서 뛰쳐나갔다.

집에 가는 학생들 중에서 후시미를 찾아보았지만, 보이지 않았다.

내가 자세히 물어보지 않았기 때문일까. 만날 장소. 후시미가 말해줄 거라고만 생각하고 있었다.

헐떡이는 숨을 고르며 다시 전화를 걸었지만, 여전히 받지 않았다.

항상 가던 역까지 뛰어가기 시작했다. 다른 사람들이 이상한 눈초리로 바라보았지만, 아랑곳하지 않았다.

집에 간 건가? 그 녀석.

"미안. 후시미 못 봤어?"

마침 지나가던 같은 반 친구에게 물어봤지만, 고개를 저을 뿐이었다.

다시 급하게 학교로 돌아오자 운동장에서 후야제가 시작된 참이었다.

다른 녀석하고———?

그렇게 생각하니 가슴이 답답해졌다. 대충 확인해보았지만, 운동장에는 후시미의 모습이 보이지 않았다.

"히나를 찾나요?"

두리번거리고 있자니 시야 안으로 히메지가 들어왔고, 눈이 마주쳤다.

"못 봤어? 안 보이는데."

"만날 곳도 안 정한 건가요?"

에휴, 히메지는 어이가 없다는 듯이 한숨을 쉬었다.

"히나도 히나지만, 료도 료네요. 손이 많이 가요."

"히메지."

내가 부르자 태연하던 표정이 조금 굳었다.

"……네."

"미안."

"……네."

굳었던 표정이 이미 알고 있었다는 듯이 천천히 미소의 형태로 바뀌어 갔다.

"히나에게 연락을 해볼게요. 무슨 일이 생기면 가르쳐드리죠."

"고마워."

나는 후시미를 찾으며 뛰어가기 시작했다.

어디선가 기다리고 있는 건가? 집에 간 게 아니라면 전화를 받을 만도 한데.

내가 두리번거리는 걸 봤는지, 드르륵 윗층 창문이 열렸다.

"타카모리 군!"

올려다보니 위에서 나를 부른 사람은 토리고에였다.

"히이나, 저쪽이야———!"

그녀가 손가락으로 가리킨 방향은 후문쪽이었다.

"가방도 가지고 간 걸 보니까 집에 갈 생각인지도 몰라! 말을 걸었는데 무시당해서———."

후문 쪽으로도 집에는 갈 수 있다. 하지만 평소에 다니는 통학로와는 달리 꽤 멀리 돌아가게 된다.

어째서 그런 짓을. 그런 생각을 하던 내게 토리고에가 계속 말했다.

"히이나는 자기를 선택해주지 않을지도 모르니까 도망친 거라고!"

도망쳤다———? 그런 건가.

나는 뛰어가려다가 멈춰 섰다.

"토리고에!"

"가———, 가라고! 아무 말도 안 해도 되니까! 흐윽……, 바보! 죽어! 결국 얼굴이잖아!"

토리고에는 그녀답지 않게 폭언을 내뱉은 다음, 창문 앞에서 슬쩍 사라졌다.

토리고에가 가리켰던 후문 밖으로 나간 다음, 역으로 돌아가는 길을 달렸다.

겨우 발견한 후시미는 전봇대에 몸을 기대듯 앉아 있었다.

"……전화, 받으라고."

나는 숨을 헐떡이면서 쓴소리를 했다.

고개를 숙인 채 발끝을 바라보고 있던 후시미는 아직 고개를 들지 않았다.

"후야제 벌써 끝났어?"

"방금 시작한 참이야."

"그렇구나. 시이한테 가지 않아도 돼?"

"안 가."

특별한 친구였다.

토리고에는 내가 고독했을 때 유일하게 기댈 수 있는 사람이었고, 점심시간의 그 공간만큼은 숨을 쉬는 게 편했다.

꾸며낼 필요가 없다. 좋은 모습을 보여주지 않더라도 서로 비웃거나 비웃음을 사지 않는다. 그렇게 자연스럽게 대할 수 있는 사람이 토리고에였다. 토리고에는 만약에 그랬다면, 이라는 이야기를 했지만, 알고 지낸 지 얼마 지나지 않아서 고백을 받았다면 나는 쉽사리 받아들였을지도 모르겠다.

지금도 연애에 대한 건 기초조차 잘 모른다. 하지만 그 특별한 감정을 진지하게 생각해보고 받아들이려고 할 정도로는, 특별했다.

이제는 고백을 해줬지만, 잘되지 않았던 이유는―――.

"그러면 아이에게 안 가도 돼?"

"안 가."

빙빙 돌려서 하는 확인에 내 인내심이 바닥났다.

"후시미한테 온 거야."

후시미가 천천히 고개를 들었다. 자신이 없는 듯한 표정으로 나를 살펴보고 있었다.

"약속이니 뭐니, 그런 거에 얽매인 것도 아니야."

나는 미리 부정했다.

히메지는 특별한 소꿉친구였다.

자기주장이 강한 것이 장점이자 단점이었고, 행동력이 있고, 심지가 굳은 녀석이고, 나 같은 녀석이랑 어째서 지금도 사이좋게 지내주는 건지 신기할 정도로 인간적으로도 매력이 있는 녀석이었다.

어렸을 때, 아시하라 씨가 한 말을 듣고 내가 후시미에게 불신감을 품게 되자 서서히 좋아하게 된 소꿉친구였다.

전학을 간 뒤로도, 아이돌이 되고 나서도, 많은 사람들과 알고 지내게 된 어른의 업계에서도 그녀는 나를 기억해주고 있었다.

히메지가 전학을 가지 않았다면. 지금 다시 생각해보면 후시미가 약속을 흉내 내지도 않았을 테고, 그렇게 우리는 어린 시절의 마음 그대로 중학생, 고등학생이 되었을지도 모른다.

그렇게까지 멀지 않은 학교에서 바람을 타고 잔잔한 곡조의 댄스곡이 어렴풋하게 들렸다.

나는 손을 내밀었다.

"……."

후시미는 아무런 말도 하지 않은 채 손과 내 눈을 번갈아 가며 보고 있다.

내게 있어서 후시미는 특별한 여자애였다.

애초에 후시미를 아무렇지도 않게 생각했다면 아시하라 씨의 말에 충격을 받지도 않았을 테고, 연애 그 자체에 거리를 두는 식으로 이상한 사고회로를 돌리지도 않았을 것이다.

결과적으로 트라우마가 되어버린 건 내가 당시에도 후시미를 정말로 좋아했기 때문이다.

기분 나쁜 말을 들었는데도, 후시미를 믿지 못하게 되었는데도, 초등학생, 중학생, 고등학생까지……, 오랫동안 관계가 이어져 왔다.

나는 마음속 한구석에서 느끼고 있던 호의를 정면으로 마주 보지 못했다.

사실은 내 착각 아닐까. 다른 모든 사람들에게도 그렇게 대해주는 거고, 나는 그중 한 명에 불과한 것 아닐까. 후시미를 보고 느낀 것들을 부정하는 것부터 시작하게 되었다.

내 마음은 이상한 버릇이 든 사고회로를 거쳐서 내가 완전히 무난하고 가장 상처 입지 않는 발언과 행동을 선택하게 되었다.

어째서 나는 이렇게 삐뚤어진 걸까.

어째서 나는 이렇게 겁을 먹게 된 걸까.

그리고 그럼에도 불구하고, 어째서 이렇게 오랫동안 관계를 이어올 수 있었던 걸까.

그건 분명———.

"오늘이든 어제든 만날 곳을 미리 정해둘 걸 그랬네. 생각해둘 걸."

내가 말하자, 후시미는 무언가를 억누르려는 듯이 입을 꾹 다물고는 똑바로 바라보았다.

"……지금까지 나 때문에 상처를 잔뜩 받았을 거야. 나를 싫어하게 된 적도 있었을 거야."

어느새 해가 저물어 가로등이 켜졌다. 나와 후시미를 어둠 속에서 비추는 듯이.

"그래도 괜찮다면, 나와 춤을 춰줬으면 좋겠어."

"네. 기꺼이……."

꾹 다물고 있던 입이 그제야 열리나 싶었더니 떨리는 목소리가 들렸다. 나는 그녀의 손에 내 손을 겹친 다음, 잡고 일으켜 세웠다.

"여기서는 못 추겠네."

"그러게. ……학교로 돌아갈까."

후시미가 나를 끌어안았다. 깃털처럼 부드러운 몸과 내 등에 두른 팔에서 또렷한 의지가 느껴졌다.

지금이라면 그 호의를 솔직하게 믿을 수 있다.

좋아해도 되는구나.

나도 그녀의 등에 팔을 둘렀다.

"춤이란 게 이런 거였나?"

"후후. 아니야. 그래도 이 정도면 괜찮으려나?"

후시미가 쑥스러운 듯이 내 품속에서 웃었다.

눈앞에 있는 이 여자애가 사랑스러워 보인다.

나는, 후시미를 좋아하는구나.

후기

안녕하세요. 켄노지입니다.

시리즈 7권을 맞이하였습니다. 이번 권은 이른바 학교 축제 편입니다.

꽤 예전부터 작중에서 만들던 영화를 이제야 학교 축제에서 공개하게 되었습니다. 영화를 찍자고 한 게 2권이었죠.

2권은 BBQ를 하러 가거나, 후시미가 연기를 배우고 있다는 걸 알게 되거나, 주인공인 료가 할 만한 것들을 찾고 있던 무렵이라 꽤 오래전인 것 같은 느낌이 듭니다.

2권 간행 자체는 2020년 8월입니다만, 썼던 건 2019년 가을쯤이었다고 기억하고 있습니다. 당시에는 아직 WEB에서 연재하고 있었기에 간행되기 전부터 집필을 마쳤습니다. 그게 벌써 3년 전이네요. 꽤 오래 전이라고 느낄 만도 합니다.

다른 이야기입니다만, 신작 러브코미디를 스니커 문고에서 발매 중입니다.

'어느 날, 비밀(스테이터스)를 볼 수 있게 된 내 학원 러브코미디(가제)'라는 작품입니다.

제목 그대로의 내용입니다. 하지만 이 작품과는 달리 처음부터 주인공이 히로인을 인식하고 있는 타입의 직구 러브코미디이고,

스테이터스가 보인다는 요소가 있기에 단순한 직구는 아닙니다. 직구의 속도를 유지하며 휘어지기 때문에 이건 이미 컷 패스트볼 러브코미디입니다(?). 후회하시진 않을 테니 신경 쓰이시는 분들은 꼭 읽어봐 주세요.

  이번에도 플라이 선생님께서 일러스트를 담당해주셨는데, 표지 일러스트와 컬러 일러스트, 삽화도 퀄리티가 뛰어나서 작품의 장점을 몇 배나 더 이끌어내주셨습니다. 바쁘신 와중에 항상 감사드립니다.
  그리고 담당 편집자 분을 비롯하여 제작 관계자 여러분, 판매 관계자 여러분께 많은 신세를 지고 있습니다. 항상 감사드립니다.

  2권부터 펼치거나 제대로 펼치지 못했던 보자기를 접을 준비에 들어갔습니다. 시리즈의 클라이맥스를 드디어 맞이하게 됩니다.
  다음에도 함께 해주신다면 기쁠 것 같습니다.

켄노지

역자 후기

안녕하세요, 천선필입니다.

『성추행당할 뻔한 S급 미소녀를 구해주고 보니 옆자리 소꿉친구였다』7권, 재미있게 읽으셨는지 모르겠습니다.

이번 권에서는 작가분의 말씀처럼 드디어 작중에서 거의 모든 등장인물들이 관여했던 영화 제작이 학교 축제에서 상영되면서 마무리를 짓게 되었습니다. 그렇게 비중이 컸던 요소가 하나 일단락되면서 어떻게 보면 이러한 작품들의 가장 큰 줄기라고도 할 수 있을 주인공 쟁탈전도 결판이 났네요. 결국에는 타이틀 히로인이자 메인 히로인인 히나가 최종 승자가 된 것 같은데, 독자 여러분께서는 어떻게 받아들이셨을지 궁금합니다.

그동안 서브컬처 쪽에서는 일상에 비일상을 접목한 작품이 꽤 많았고, 그런 와중에 소꿉친구는 비일상 쪽 히로인에게 밀리는 포지션을 차지하는 경우 또한 많았습니다. 그리고 아무래도 비일상 쪽 히로인이 주인공 쟁탈전의 최종 승자가 되는 작품들이 더 많다 보니 어느샌가 '소꿉친구는 패배 플래그'라는 말도 나오게 되었죠. 작품 초반에 주인공과 히나 사이를 두고 주위 사람들이 그렇게 언급하기도 했고요. 그런 의미에서 이 작품은 약간 다른 노선을 채택했다고도 할 수 있겠습니다.

사실 그런 풍조가 퍼지기 전에 소꿉친구라는 포지션은 꽤 강력한 카드였습니다. 오랫동안 알고 지내면서 주인공만을 마음에 품어왔다는 식으로 일편단심인 캐릭터성을 부여해주기 쉽다는 장점이 있었고, 회상 장면을 넣으면서 어째서 주인공만을 바라보는지에 대해 설득력을 실어주면서 캐릭터성 강화와 분량 채우기까지 동시에 가능했었을 테니까요. 그래서 꽤 오래전 작품에는 이 작품처럼 소꿉친구가 타이틀 히로인이자 메인 히로인, 그리고 진 히로인인 경우가 꽤 많았습니다. 이른바 클리셰였던 거죠.

그런데 서브컬처의 대세는 항상 바뀌기 마련이고, 클리셰는 그 특성상 많은 사람들이 이미 접했을 가능성이 높은 요소일 수밖에 없기에 신선함이 떨어질 수도 있습니다. 그리고 최종 승자만이 인기를 독차지하는 것이 아니라 주인공 쟁탈전에서 패배하면서 더 큰 매력을 보여주는 것 또한 불가능한 것은 아니기에 요즘 같은 소꿉친구의 약세 시기가 도래한 것이 아닐까 하는 생각도 듭니다. 그런 와중에 180도 바뀌었던 구도를 한 번 더 회전시켜 예전 같은 느낌의 캐릭터 배치가 되었고, 그게 오히려 요즘은 특이하거나 신선하게 느껴질 수 있겠다는 느낌도 드는 것 같습니다.

이런 생각을 하면서 이번 『성추행당할 뻔한 S급 미소녀를 구해주고 보니 옆자리 소꿉친구였다』7권을 번역하였습니다. 매번 그랬듯이 감사의 말씀 드리고 후기를 마치려 합니다.

항상 신경을 많이 써주시는 담당 편집자분, 그리고 책을 내는 데 도움을 많이 주신 소미미디어 관계자 여러분, 그리고 가족 여러분. 감사합니다.

그 누구보다 감사드리고 싶은 분은 독자 여러분입니다. 제가 이렇게 무사히 번역을 마치고 후기를 쓸 수 있는 것도 독자 여러분 덕분이라 생각합니다. 진심으로 감사드립니다.

다시 찾아뵙게 될 때까지 행복한 하루 보내시길 바랍니다. 감사합니다.

CHIKAN SARESO NI NATTEIRU S-KYU BISHOJO WO TASUKETARA TONARI NO SEKI NO
OSANANAJIMI DATTA 7
Copyright © 2022 Kennoji
Illustrations copyright © 2022 Fly
Original Japanese edition published in 2022 by SB Creative Corp.
Korean translation rights arranged with SB Creative Corp., Tokyo
through Japan UNI Agency, Inc., Tokyo

성추행당할 뻔한 S급 미소녀를 구해주고 보니 옆자리 소꿉친구였다 7

2024년 2월 15일 1판 1쇄 발행

저　　　　자 켄노지
일 러 스 트 플라이
옮 긴 이 천선필
발 행 인 유재옥
총 괄 이 사 조병권
출판본부장 박광운
담 당 편 집 박치우
편 집 1 팀 박광운
편 집 2 팀 정영길 조찬희 박치우 정지원
편 집 3 팀 오준영 이해빈 이소의
디자인랩팀 김보라 박민솔
디지털사업팀 박상섭 김지연 윤희진
라이츠사업팀 김정미 맹미영 이윤서
영업마케팅팀 최원석 박수진 박소연
물 류 팀 허석용 백철기
경영지원팀 최정연
인쇄제작처 ㈜코리아피엔피
발 행 처 ㈜소미미디어
등　　　록 제2015-000008호
주　　　소 서울시 마포구 토정로222, 403호 (신수동, 한국출판콘텐츠센터)
판매 및 마케팅 (070) 8822-2301

ISBN 979-11-384-8185-4
ISBN 979-11-384-0195-1 (세트)